AF409061

Valeria Cerezo (Guatemala, 1979). Escritora, fotógrafa, guionista y traductora. Formó parte de la antología *Cuerpos. Relatos eróticos por mujeres* (F&G Editores, 2015). Ha publicado artículos sobre viajes y cultura. Es editora de contenido de textos literarios y tiene varias novelas inéditas, entre ellas la trilogía de aventura marítima, *La búsqueda del Sigrdrfa*.

La muerte de Darling
Valeria Cerezo

Valeria Cerezo

La muerte de *Darling*

La muerte de Darling
Valeria Cerezo

Primera edición

© Valeria Cerezo
© Esta edición F&G Editores
Ilustración de portada: garcía+robles
Foto de portada: Shutterstock
Foto de la autor: archivo personal

Finalista del Certamen BAM Letras, 2016.

Impreso en Guatemala
Printed in Guatemala

F&G Editores
31 avenida "C" 5-54 zona 7,
Colonia Centro América
Guatemala
Telefax: (502) 2439 8358 – 5406 0909
informacion@fygeditores.com
www.fygeditores.com

ISBN: 978-9929-700-17-8

Guatemala, julio de 2016

DONDE YA NO CRECE NADA

Hay una niña sentada bajo un manzano. Entre las manos tiene unas cuantas hebras sueltas de cabello cano y sedoso; forman un rizo apretado que sacó del bolsillo de su gabacha. Se lo lleva a la nariz y aspira. No sabe si el olor es imaginario o real, pero lo siente. Se acaricia las mejillas con el rizo, mientras mira fijamente hacia las ventanas de la casa, donde ondean las cortinas floreadas por la brisa vespertina. El abrumador aire estival las arrastró fuera de la sala y ondean contra un cielo despejado. Hace calor. La niña baja la mirada: sus zapatos blancos están sucios y el cincho de la hebilla, muy gastado: se va a reventar en cualquier momento. Está cocido muy rústicamente con seda dental para evitar que se suelte de una vez por todas. Las cruces de hilo también están sucias.

Algunas moscas zumban sobre la cabeza de la niña, a veces posándose, impertinentes, en sus manos o en su rostro, pero ella las ignora. Escucha a lo lejos su nombre, la están llamando a gritos, pero ella no quiere atender. Tiene los zapatos sucios y no hay nadie que los limpie y los vuelva a dejar blancos. Se lleva el pulgar a la boca y se lo chupa, para luego intentar limpiar un poco la punta calada del zapato derecho; luego repite la operación, llenándose la lengua de polvo. Escupe. Vuelve a hacerlo, hasta que aparece la superficie blanca de nuevo. Las voces que la están llamando se alejan, algunas en dirección al río y otras hacia la carretera. Las patitas de una mosca le hacen cosquillas en la comisura de la boca. Ahora está segura de que no hay nadie en la casa, porque todos la están buscando. Se levanta, sacudiéndose el volante del vestido y se encamina hacia la puerta trasera de la cocina, la que da al patio yermo, donde antes, en mejores tiempos, crecían hierbas, repollos, zanahorias y algunas legumbres. Pisa con sus zapatos desgastados los restos secos de las plantas. Distingue un vástago que surge entre el polvo. Es apenas un cogollo tierno. Se detiene a verlo. Se agacha e inspecciona, aún sosteniendo el rizo de cabello entre los dedos. Se yergue de nuevo y, con la punta del zapato, aplasta el pequeño brote verde como si se tratara de una cucaracha. Segura de que no ha quedado nada, retoma su camino hacia la cocina, soltando despreocupadamente aquellas hebras grises.

Las tres gradas de madera crujen y se desprenden restos de la pintura agrietada y seca. La niña se asoma por la malla y, segura de que no hay nadie a la vista, empuja la puerta y entra en la fresca penumbra de la casa. Se friega los ojos resecos con los puños y busca con la mirada el costurero. En la canasta hay retazos de tela, un ovillo de lana, carretes de hilo, agujas de croché y alfileres sueltos. Hay muchos botones. Se detiene a ver un par que le llaman la atención y se los guarda en el bolsillo de la gabacha. Encuentra lo que estaba buscando: las tijeras. Unas viejas tijeras un poco gastadas a causa de sacarles filo demasiadas veces. Las toma con cuidado. Ya le han advertido que con las tijeras no se juega, son peligrosas. No puede resistirse y toca la punta y siente el filo... se corta levemente el dedo y se limpia la sangre en el vestido. Esta temblando. Camina hacia la habitación, dejando huellas silenciosas de polvo en la alfombra. Alcanza el vano de la puerta y se sostiene con una mano del marco. Las ventanas están cerradas para que no entren las moscas. La habitación está muy silenciosa, muy quieta. En la cama está su abuela. La niña entrecierra los ojos y se acerca con cuidado, empuñando las tijeras con fuerza, que lleva escondidas entre los volantes del vestido. Se detiene un momento a observar el rostro lívido de la mujer, a escuchar sus últimos estertores. Se inclina sobre ella para tratar de escuchar lo que dice, si es que en esa respiración mínima hay una voz que quiere decir algo. Siente en su oreja los labios mustios, el hálito que se apaga, la piel de celofán. La niña se estremece. Se yergue con las tijeras en la mano, toma la trenza larga y canosa de la abuela y, de dos tajos, la corta desde la raíz. La guarda en el bolsillo de su gabacha.

Cuando regresa su familia, sin haberla encontrado, la niña ya va muy lejos, caminado por los linderos del terreno. No quiere ver a la abuela muerta, no quiere ver el entierro, no quiere volver a dónde ya no crece nada.

El dulce aroma de las almendras

Cuando era pequeña, a Linda le gustaba ver el camión del correo doblar la esquina: siempre era como una pequeña Navidad. El camión del correo traía cartas de sus tías que vivían lejos. Y aunque no las veía mucho, siempre le gustaba ver su nombre escrito con elegante caligrafía en el reverso del sobre; le gustaban los sellos coloridos, el olor del adhesivo, las orillas rojo y azul. Y siempre venía una estampita de regalo, de animales o de botánica; una foto de lugares bonitos o un boletín de teatro. Ellas, las tías, viajaban a sitios interesantes; ellas vivían en un lugar encantador. No hacían nada interesante, fuera de ser señoras bien casadas, pero poseían una cierta sensibilidad por las cosas hermosas. El camión de correo traía, además de las cartas, paquetes con obsequios. Envuelta en papel celofán llegaba una cajita con un insecto seco, atravesado por un largo alfiler japonés y, al destaparla, todavía podía capturar la última nota del olor almendrado del cianuro. A veces, también recibía un par de calcetas caladas con lindos bordados o un librito de versos con flores prensadas entre sus páginas, pero lo que nunca faltaba eran los insectos. Así fue toda su vida. Incluso cuando se casó y se mudó de la casa de sus padres, aquella primorosa correspondencia se mantuvo.

Con el paso del tiempo comenzaron a mermar las cartas y los obsequios; las tías se iban poniendo viejas. El primer síntoma fue la caligrafía, que siempre había sido impecable, pero un día Linda descubrió que el remate de la ene en su apellido evidenciaba un ligero, ligerísimo temblor. Tan ligero que a simple vista nadie lo hubiera notado; sin embargo, para Linda era como una enorme grieta surgida de la nada en medio de la casa. Le mostró el sobre a su esposo con supersticiosa inquietud. Él observó con aparente cuidado, luego con verdadera atención y, después, se lo devolvió como si nada.

—Creo que es la vista la que está fallando, cariño. Yo veo la ene absolutamente normal.

Linda insistió y le trajo la lupa a la mesa. El hombre, fatigado por un largo día de trabajo, accedió, cuidándose de no mostrar fastidio. Efectivamente, había un ligero quiebre por ahí. El marido se colocó de nuevo los anteojos y miró a su mujer.

—Imagínate el escenario, amor mío: la tía está terminando de escribir tu apellido en el sobre… pasa el gato a su lado, roza su mano y…

Linda se mordió el labio inferior, conteniéndose para no decirle a su esposo lo que realmente pensaba de su teoría del gato. Se sintió muy sola. El tipo que estaba sentado frente a ella le pareció un completo extraño.

Una tarde, cuando el marido volvía del trabajo, encontró a Linda en el porche con los ojos inflamados, sentada en la vieja mecedora que había sido de su madre. Sobre su regazo había una caja granate y un listón púrpura al lado de sus pies.

—¿Qué sucede? ¿Malas noticias? –se apresuró él a su lado.

Por respuesta recibió un hipo contenido. Él tomó la caja y la inspeccionó cuidadosamente: era un hermoso ejemplar de escarabajo dorífora, clavado sobre una suave superficie de terciopelo verde, pero con un élitro ligeramente partido en vertical. No despedía el entrañable aroma del cianuro, sino que olía sólo a acetato de etilo, explicó Linda, consternada.

—Estás perdiendo la cabeza –le dijo su esposo, dejando que la puerta de mosquitero se somatara detrás de él, provocándole a ella un sobresalto.

Talvez debería ir a buscar a las tías, cerciorarse de que estuvieran bien. No las veía desde hacía mucho tiempo. Esa noche, mientras cenaban, se lo planteó a su esposo.

—Estamos cortos de dinero, llámalas por teléfono…

—No tienen teléfono, Bob –replicó Linda–, ¿no lo recuerdas? Lo cancelaron porque ya no soportaban las llamadas de telemercadeo.

—Envíales una carta…

Una carta era la misma cosa. Ellas responderían, pero no podría verlas. Ella quería verlas. No terminó la comida. Mandó a los niños a la cama temprano, pero ellos protestaron y la acusaron de injusta. Linda, que normalmente los hubiera reprendido, accedió. Papá apoyaba a los chicos. Tres contra uno era demasiado para ella.

—Debes ver al médico –le dijo su esposo una mañana, un par de meses después, antes de irse al trabajo.

Linda había perdido mucho peso, estaba demacrada. Ya no se levantaba temprano para prepararles la lonchera a los chicos. Sobre la mesa estaban sin abrir la última caja y la última carta de las tías. La caligrafía había empeorado notablemente. Ya no era un quiebre al final de la ene, ahora era todo su nombre el que había sufrido una conmoción. Esa mañana, los chicos habían salido de la casa dando gritos y brincos, peleando por ocupar el asiento del copiloto. Clara chilló, quejándose de que su hermano le había jalado el cabello, mientras se asía de los pantalones de papá.

—¡Maldición, Linda! ¡Haz algo! –vociferó su esposo.

Linda parecía no comprender muy bien lo que le decían, estaba preocupada, tenía miedo de abrir la caja y de abrir la carta, y no se dio cuenta en qué momento se fueron todos.

Linda abrió primero la caja, que era bastante más grande que las demás. Había varios bichos desperdigados, sin sus respectivos alfileres. Había algunas patas, sueltas y quebradizas, adheridas al forro.

Cuando regresó Bob a la casa por la tarde no encontró a Linda. Había una nota sobre la mesa:

Robert:

Me he ido a ver a las tías. Algo no anda bien, lo sé. No puedo abandonarlas. Lamento mucho haber tomado el dinero de Navidad, pero es imperativo que vaya a verlas, ya sabes cuánto significan para mí. Recuerda

Pero tres días después no había señales de
ella. Su esposo metía y sacaba cenas congeladas
del horno y los chicos chillaban, peleándose
todo el tiempo por el control remoto de la televisión. Linda no había llamado ni una sola vez.
Pasó una semana, Bob había tenido que faltar al
trabajo porque Beto se había enfermado y Sue-
len no podía cuidarlo. Clara no se había duchado
en dos días y tenía el pelo pegajoso. Decidió
escribirle una carta a su mujer:

Linda:

Lo que has hecho no tiene nombre: aban-
donar a tu familia por unas tías que nunca
miras. Beto está enfermo y Clara no se ha
duchado en varios días. He tenido que faltar
al trabajo. Si no vuelves de inmediato, no
regreses nunca más. Mandaré a los chicos a
vivir con mi madre y tú puedes quedarte vi-
viendo con ese par de viejas locas, obsesio-
nadas por los insectos. Recuerda cuál es tu
responsabilidad.

Robert

Linda dobló la carta con cuidado; en cada
pliegue el papel comenzaba a agrietarse de tanto
abrirla y repasarla y volverla a doblar. La colocó
sobre el escritorio de la tía Alma. Cada vez que

sentía nostalgia por su casa, la releía. Se acomodó la mascarilla de tela sobre la nariz y sacó con delicadeza una cucharadita de cianuro del frasco. Lo depositó cuidadosamente dentro del otro frasco, colocó la barrera de cartón y abrió la redecilla para dejar caer un escarabajo. Tapó el recipiente que contenía el insecto y observó con detenimiento al hermoso ejemplar que caminó unos pasos, batió las alas frenéticamente y se quedó inmóvil. Linda se quitó los guantes quirúrgicos y la mascarilla y sacudió el frasco con suavidad. Lo dejó a un lado. Luego guardó el cianuro en un gabinete y se colgó la llave alrededor del cuello. La tía Clarita estaba en la mecedora al lado de la ventana, acariciando al gato. No sabía –o no recordaba, talvez– que su hermana, la tía Alma, se había comido una cucharadita de cianuro, y Linda tampoco se lo iba a decir.

—¿Ya estuvo, Almita? –le preguntó a Linda. El gato saltó hacia la alfombra y se desperezó lujosamente.

Linda se acercó y corrió la cortina; vio los arbustos de las gardenias por la ventana. En cuanto empezaran las primeras lluvias, el enorme jardín estaría colmado de insectos.

Diecisiete mil ochocientas ochenta y cinco malditas noches

Cat Wright llevaba tres noches durmiendo en el cuchitril. El *barman* le había concedido la llave de lo que antes era el cuartucho del guardia nocturno. Cat parecía feliz y satisfecho con el viejo catre, hasta que una mañana amaneció infestado de picaduras de pulga.

Al cuarto día llegó Iris, su mujer, con una maleta de ropa sucia y la dejó al lado de la barra mientras Cat estaba al teléfono monedero al lado del baño. Su bata ya comenzaba a oler a basurero y tenía un par de quemaduras de cigarrillo.

—Déjame pasar la noche en tu casa... –le dijo Cat al *barman* cuando volvió a la barra.

—Vete a la mierda, Cat... –respondió el *barman*, secando un vaso con la misma toalla con la que limpiaba la barra.

Entonces se volvió hacia mí:

—Jeremy, amigo...

Le hice saber que tendría que dormir en el sofá. Se alzó de hombros. Luego el *barman* le pasó el consabido *gin*.

—¡Este vaso huele a culo de camionero! –dijo Cat, luego del primer trago. Después se volvió hacia mí. Pude leer en la mirada del *barman* que estaba por preguntarle cómo demonios sabía a qué olía el culo de un camionero, pero se contuvo.

—Te voy a contar una historia, Jeremy –dijo Cat, con una sonrisa sardónica–. ¿Sabes cuántas noches hay en 49 años? Diecisiete mil ochocientas ochenta y cinco. Sabes, Jeremy, mi padre se levantaba a las tres de la madrugada, cada maldito día, sin falta. Y despertaba a mi madre, ya fuera porque estaba caliente y quería follar, porque había un *reprise* de M.A.S.H. o porque tenía hambre y quería un sándwich. A veces por los tres motivos al mismo tiempo. Cuando nació el cabrón de mi hermano, se dormía a la una de la mañana después de berrear toda la noche, y a las tres en punto, mi padre despertaba a mi madre para que le preparara un sándwich, para follar o para ver M.A.S.H. Diecisiete mil ochocientas ochenta y cinco malditas noches de su vida.

—Te vas a arrepentir, Jeremy... –me dijo el *barman*– dejar que Cat pase la noche en tu sofá... yo lo pensaría...

—Cierra el pico, cara de culo –resopló Cat, y continuó con su relato–: cuando se hizo viejo...

—¿Quién Cat? –preguntó el *barman*.

—Mi padre, ya lo dije. Cuando se hizo viejo ya no se le paraba, pero seguía despertando a mi madre a las tres de la mañana para ver *La rueda de la fortuna* o charlar del pasado. Mi madre se quejaba de eso... ya estaba vieja. Luego enfermó de pulmonía y se fue al hospital. Mi viejo pidió una cama a su lado, y a las tres de la mañana la seguía despertando para charlar y ver películas de vaqueros porque en ese tiempo ya no pasaban M.A.S.H. Las enfermeras me lo contaron y sacaron al viejo del cuarto, así que réstale dos a las diecisiete mil ochocientas ochenta y cinco malditas noches. Luego a mi madre la dieron de alta antes de tiempo porque mi padre se peleó con el jefe de enfermería. Habían enviado a un enfermero negro a cambiarle la bata a mi madre. No sé si lo que más le ofendía es que fuera hombre o que fuera negro... Así que se fueron de regreso a casa y él tuvo que cuidarla personalmente. Ella ya estaba muy débil, pero a las tres de la mañana, mi querido amigo, la despertaba mi padre para charlar o ver televisión. Hasta que una madrugada de sábado, a las cinco, me llamó para decirme que mamá había muerto. Fui a verlos y encontré a los paramédicos cubriendo el cuerpo con una sábana.

Cat dio un largo sorbo de su *gin* y prendió un cigarrillo antes de continuar.

—Los paramédicos me dijeron que mamá había fallecido hacía ocho horas. Mi padre se había ido a acostar y se había dormido al lado del cadáver... por ocho horas, y no se dio cuenta de que estaba muerta, sino hasta las tres de la mañana cuando quiso despertarla para ver un *Western*...

La jaula

Finn está metido debajo de la cama; probablemente, el lugar más seguro en todo el mundo. Al niño le parece que no hay nada qué temer; sin embargo, ahí abajo se está mucho mejor, entre la tenue penumbra. Primero se coloca boca abajo, hasta el fondo, donde está la cabecera recostada contra la pared. Juega con un rulo para el cabello que se encontró allá abajo, haciéndolo rodar. Es divertido, porque a veces gira sobre su eje y a veces toma un rumbo inesperado a la derecha o la izquierda. Bajo la cama hay polvo. Una delgada capa de polvo. Finn, Finisberto, imagina que su dedo es un crayón. Dibuja un monigote. Piensa que le ha quedado realmente bien. Se vuelve sobre la espalda y cuenta los tablones de la cama. A lo lejos escucha que lo llaman. Es la voz tranquilizadora de la abuela, la voz suave de la abuela, la voz tenue y aromática de la abuela: "¡Fiiinn!". A él le gusta cómo huelen las manos de su abuela. A veces le gusta tomarle una mano y acariciársela mientras ven la televisión.

La voz se acerca, se acerca peligrosamente. Lo llama, lo busca. Finn se encoge hasta el fondo, hasta la esquina más recóndita de su refugio, y cierra los ojos. Reconoce los pasos sobre la alfombra del recibidor, el compás de las pisadas en el pasillo desnudo. Contiene una carcajada. La abuela pensará que se ha perdido; sentada en la orilla de la cama, lo llamará a gritos y rogará a los ángeles para que aparezca. Y luego el niño sacará la mano por debajo de los volantes del cubrecama y se convertirá en un gato que muerde el tobillo de la abuela. Pero esta vez debe ser más ingenioso: sospecha que ella ya conoce muy bien el truco del gato bajo la cama. Esta vez será una araña la que escale por su pierna. Los pasos están ahora en la habitación y se acercan a la cama. Finn se prepara para convertirse en la araña. La abuela se sentará en la orilla y clamará a San Karr A. Melo, el santo de los niños perdidos...

Pero no sucede lo que el niño había predicho. La penumbra desaparece en un instante cuando la abuela levanta de un tirón los volantes del cubrecama. La voz ya no es dulce y tranquilizadora. Se topa directamente con el rostro de la abuela, que le ordena salir de ahí inmediatamente. Finn sabe que algo no está bien. Talvez la abuela está enojada... Se asusta un poco y se siente humillado porque él es el maestro de las sorpresas y los escondites, y la abuela lo encontró de inmediato.

—Vamos, Finisberto, sal de ahí ahora mismo. ¡Por el amor de Dios!

La voz de la abuela no es suave; es apresurada y cortante, como la voz del director de la escuela. Finn se arrastra para afuera y busca el rostro de la abuela. Espera la caricia de siempre. Pero ella lo toma por la muñeca y lo regaña:

—¡Mírate! ¡Estás hecho un desastre! ¿Qué no te dije que hoy viene el abuelo?

El niño lo recuerda ahora. La abuela le había dicho que el abuelo venía a visitarlos. El abuelo ahora vive lejos, por eso casi nunca lo ven. Pero a Finn no le gusta que venga: el abuelo es muy enojado. Siempre está hablando con un vozarrón que le da miedo. Es un hombre muy alto, severo, de cejas espesas que cuando viene de visita, lo llama y lo inspecciona: que las uñas estén limpias, que el cabello esté recortado, que la ropa esté impecable y que la camisa esté almidonada. Si los zapatos están sucios, lo hace traer la caja de madera y lustrarlos frente a él hasta que quedan relucientes.

—Si no me puedo afeitar usando tus zapatos como espejo, no te daré el chocolate que te traje. Tienes que ganártelo. Un hombre tiene que ser respons...

Finn siempre deja de escuchar cuando el abuelo lo reprende y le parece que en el aire se van formando dibujos extraños. Le da miedo, lo aterroriza el abuelo. Ese recuerdo lo estremece.

La abuela lo manda a darse un baño. No hay tiempo para calentar el agua, así que será un baño frío. La sirvienta lo asistirá. Y luego la abuela desaparece nuevamente en dirección a la cocina, apresurada, nerviosa. Cada vez que viene el abuelo, exige que sea la abuela quien le cocine el almuerzo personalmente. Y la abuela corre de un lado a otro, desplumando capones, haciendo salsas, marinando carnes y preparando el café como solo ella sabe que a él le gusta. Y si Finn se acerca, lo reprende diciendo que está muy ocupada, que ya tendrá tiempo para él cuando se vaya el abuelo.

A Finn no le agrada su abuelo. Un día escuchó a sus padres hablando de él y de la abuela, de cuando se divorciaron y el abuelo se fue de la casa. Los niños mayores de la escuela decían esa palabra en voz baja: divorcio. Era una palabra que Finn no comprendía muy bien. Pero supo después que eso significaba que el abuelo no iba a volver nunca más y que la abuela se había quedado muy triste. Él no podía sentir aprecio por alguien que había hecho sufrir a la abuela, aunque hubiera sido hace muchos años. No. Nunca lo querría. Nunca. Aunque le trajera regalos para la Navidad. Finn siente la primera guacalada de agua fría recorriendo su cuerpo vertiginosamente, desde la mollera hasta las nalgas. Da un respingo. Quiere que su abuela lo bañe, que la abuela esté contenta con él.

Llega la hora del almuerzo y llevan a Finn a la mesa. Han colocado la vajilla cara, los manteles finos, las copas de cristal. Todos están alrededor, de pie, esperando a que el abuelo se siente para poder sentarse ellos también. Pero hay algo más... hay un silencio oscuro en la sala. Mamá no levanta la mirada, la mantiene baja, apenada. Papá parece ausente. Las tías han venido para el banquete y tienen las mismas caras de loro de siempre. El abuelo da permiso para que todos se sienten y comienza una conversación sobre la guerra. A Finn le aburre terriblemente cuando el abuelo habla de la guerra. Pero hay algo más, el silencio de todos no es el mismo de siempre. Sirven un estofado de carne blanca y vegetales tiernos, puré de papas y pan recién salido del horno. Huele muy bien. El ánimo de Finn cambia cuando llega el postre de dulce de leche y comienza a olvidar la presencia del abuelo. Cuando terminan de comer, el abuelo anuncia que es hora del coñac y los cigarros en la sala. Todos se levantan de la mesa y lo siguen, aliviados. Es la hora de la siesta del niño, pero él en vez de obedecer e irse a su habitación, se escabulle al jardín. Le apetece jugar, no dormir, y busca con la mirada al gato. Le gusta jugar con el gato, pero Newton no está por ninguna parte; camina entonces hacia el patio para jugar con los polluelos o con Cuca y Tintín, sus dos conejos. Finisberto no tiene hermanos, así que se aburre mucho. El único chico a la mano es Luis, el hijo de la cocinera, pero él no le agrada porque una vez le robó sus caramelos. Desde entonces son enemigos mortales.

Finn recoge un palo del suelo y lo blande como un sable. Arremete contra la enredadera de las frambuesas, haciendo volar por los aires girones de hojas, pétalos blancos y uno que otro fruto que aún no ha madurado del todo. En la puerta del patio ve a Luis; lleva pantaloncillos cortos, los pantaloncillos cortos que a Finn ya no le quedan, pero que no le gusta que otro niño los use. El chico lo llama y Finn aprieta la mano muy fuerte alrededor del palo.

—¿Te trajo chocolates tu abuelo? –le pregunta Luis.

Finisberto se encoge de hombros, fingiendo indiferencia por el otro niño. Ahora quisiera estar debajo de la cama de su abuela, que la abuela quisiera jugar con él al gato escondido bajo la cama para poder sorprenderla con el nuevo truco de la araña y que ella esté contenta otra vez.

—¿Sabías que tu abuela cocinó a tus conejos para el almuerzo? –dice de pronto el hijo de la cocinera.

Finn enrojece y aprieta los puños. Su abuela jamás haría algo así. Nunca. Así que se acerca y le da unos cuantos palos. Luis chilla muy fuerte y toda la familia sale al patio a ver qué sucede. El chico está sentado en el suelo sobándose los golpes; con la cara empapada en lágrimas, que abren surcos en su rostro sucio, cuenta lo sucedido. Buscan a Finn para resolver el asunto pero Finisberto no está por ninguna parte. Lo buscan por los jardines de la casa y luego en el patio, pero no aparece. Al lado de la jaula de los conejos está el palo y la puerta de malla de la jaula de los conejos está abierta. Todos están conmocionados, aturdidos: Finn había descubierto la ausencia de Cuca y Tintín. El abuelo había pedido conejo para el almuerzo y la cocinera no encontró en la carnicería. Así que la abuela tomó los de Finn y pensó que podría reponerlos al día siguiente, sin que el niño se diera cuenta. Serían iguales a Cuca y Tintín: blancos con los ojos rojos.

Buscan a Finn por el sendero que lleva al pueblo y después por toda la casa. La abuela va a buscarlo debajo de su cama, llamándolo gato travieso con su voz dulce de siempre, pero el niño no está ahí tampoco. Todos se asustan, lo llaman a gritos, al principio angustiados, luego con amenazas. Después dejan de buscarlo y llaman a la policía. Pero Finn es ahora un león salvaje. Un león salvaje y solitario encaramado en un árbol de níspero al fondo del patio. Está el león agazapado en una de las ramas más altas, esperando a que pase alguna presa para comérsela, alguien que se parezca a un conejo, como la abuela.

El chucho de la sacristía

—¡Sht!, ¡Canuto! —exclamó el padre Josué, lanzando patadas al aire y golpeando las palmas de la mano.

Canuto, el perro de la sacristía, bajó la pata y salió desbocado por la calle de adoquín que llevaba al mercado. A modo de sombra, el perro dejó una larga mancha de orín en el pilar de la entrada de la Capilla de Santa Margarita. Un largo hilo de pis había alcanzado la sandalia del padre, que miraba iracundo la fechoría del perro.

—¡No hay respeto! —exclamó con los brazos en jarras—. ¡Efraín, venga para acá! —llamó al monaguillo, que terminaba de pulir la campana para la epíclesis.

El chiquillo llegó corriendo, sacudiéndose las manos pastosas.

—Dígame, padre... —jadeó.

—Canuto se meó en la columna de la puerta, traiga un balde con agua y un cepillo para quitar la mancha y la hedentina. ¡Vivo, muchacho! Y si regresa ese chucho carajo, Dios me perdone la expresión, le das un periodicazo, a ver si aprende —ordenó el padre Josué, echándose a andar de regreso a su oficina para comenzar a escribir el sermón de la misa del sábado; que no era cualquier día, era el día de Santa Margarita. Faltaban muy poco y no tenía nada preparado.

Efraín se echó a correr hacia la pila del patio, dando tropezones en su prisa. Era importantísimo que cumpliera sus tareas. Ya lo habían amonestado por su pereza, un pecado reprobable, uno de los siete pecados capitales. De castigo tenía que llegar todos los días a la capilla y trabajar, de sol a sol, mientras sus compañeros de clase jugaban pelota y salían en bicicleta. Su madre, doña Leonor, le había dicho que si el padre Josué quedaba convencido de su buen comportamiento, reducirían el castigo. Efraín se echó al hombro la cubeta de agua y tanteó el bolsillo de la gabacha para asegurarse de que no se le hubiera olvidado el cepillo. "El perezoso y el mezquino, andan doble su camino", recordó las palabras del padre, dando campanadas en su cabeza. Sintió las cerdas espinosas a través de la lona y sonrió satisfecho.

Canuto se relamía el trasero y se rascaba las pulgas por turnos, aullando y maullando —para su gran vergüenza—, como un gato rastrero, sentado al lado de la puerta de la capilla. Ignoraba por completo que a causa de una simple meada suya todo se había ido a la mierda. Solo quería espantarse las pulgas que le escocían por todos lados.

—Todo por culpa de ese pulgoso del Canuto... —se lamentó el padre Josué, limpiándose el sudor de las sienes y las perlas que le adornaban el labio superior.

El perro volvió la mirada al escuchar su nombre, sospechando que estaba en problemas. Se levantó y fue a buscar un lodazal que había detrás de la pila para restregarse, a ver si así espantaba a las pulgas.

—¿Y vos, por qué no tenés cuidado? –reclamó don Manuel, el papá de Efraín, a quien había mandado a llamar el cura. Le jaló la oreja al muchacho y señaló con la otra mano la pared descascarada de la columna–. El sábado es la misa de Santa Margarita ¡y la fachada de la iglesia está descascarada! ¡Por vos!

—Don Manuel, no olvide practicar la paciencia y el perdón –dijo el padre Josué, con tono conciliador–, la pintura ya está vieja de todas maneras… –agregó, con su mejor sonrisa triste. Esta era la oportunidad perfecta de conseguir algo de dinero para remozar la vieja capilla sin afectar los fondos de la iglesia.

Don Manuel era el dueño de la tienda de telas y tenía suficiente dinero como para pagar holgadamente a un buen pintor y unas cuantas cubetas de pintura, no solo para la fachada, sino para los patios y, si sobraba algo, por qué no, para la sacristía. El padrecito entristeció aún más la sonrisa.

—¡Y te quedas aquí trabajando todas las vacaciones! –terminó de regañar don Manuel al muchacho y, acomodándose el sombrero, le dijo al cura–: No se preocupe, padre, que mañana mismo arreglamos este desastre.

“Y pensar que una meada de chucho había obrado el milagro”, pensó el padre Josué. “El Señor es misterioso, pero obra…”. Y le lanzó una mirada grave al gran comerciante.

—Que Dios me lo bendiga –dijo con una sonrisa breve–. Él se acordará de usted y de su familia, con toda su misericordia, don Manuel. Y usted, Efra –agregó, dirigiéndose al muchacho–, no se olvide de guardar las cosas antes de irse a casa y rezar sus padrenuestros. Y dele gracias a Dios que tiene un papá piadoso y severo a la vez, que el trabajo duro forja hombres de bien y aparta a los jóvenes del pecado: el ocio es el patio de juego del diablo...

El muchacho se encaminó hacia la pila, con ganas de dar puntapiés a la cubeta y tirar el cepillo a la chingada. Canuto estaba todavía cerca, bajo el manzano, rascándose la oreja lodosa. Efraín, frustrado, le dio una patada en la cola, no muy duro, pero lo suficiente para que el perro chillara como coche en el matadero. Inmediatamente se arrepintió y tomó al chucho huesudo y jiotoso entre sus brazos para consolarlo.

—Pobre Canuto, pobre Canuto, ¿me perdonas?

Y como el perro era muy piadoso, por ser mascota de sacristía, le lamió la nariz a Efraín en señal de perdón.

En cuanto llegó a casa, don Manuel entró directo a su estudio para redactar una nota a sus amigos, todos hombres adinerados, y mandó a la sirvienta a depositarla específicamente en las manos de sus esposas.

Apenas caía la noche cuando todas las piadosas mujeres del pueblo regañaban a sus maridos:

—De inmediato visitas la casa de don Manuel y te pones a sus órdenes. Necesitan nuestra caridad para remozar la capilla. Y no olvides la chequera. ¿Qué van a decir si no vas? ¿Cómo quieres que me aparezca en misa si no ayudamos?

Si no igual, al menos muy parecido fue el sermón de las matriarcas de buena familia de Santa Margarita de Jesús.

—Más vale que abras la botella de tu mejor coñac... –dijo el último marido que llegó a la casona de don Manuel aquella noche, mientras se quitaba el sombrero, obsequiándole miradas de hastío.

Una vez estuvieron todos los hombres eminentes del pueblo en el saloncito de don Manuel y el coñac estaba servido, el anfitrión se puso de pie y, solemnemente, se dirigió a sus socios, amigos y vecinos.

—Como todos ustedes han sido informados, hoy sucedió un infortunio... estamos a dos días de la celebración de Santa Margarita y la fachada de la capilla sufrió un daño imposible de ignorar. Por eso los he convocado esta noche: necesito de su ayuda para remozar la pintura. Este sábado tiene que lucir como se merece.

Todos los presentes sintieron el aliento imaginario de sus mujeres sobre sus hombros regordetes de prósperos negociantes. Algunos sorbieron largamente el coñac de sus copas. Sin duda, don Manuel no había abierto su mejor botella. Talvez si la apuraban, abriera una de las buenas.

Gálvez, el dueño de la tienda de pintura, saboreó con especial deleite el regusto del coñac en su paladar.

—Tengo varias cubetas de un amarillo tenue y delicado, como plumones de polluelo... ¡resplandecería la fachada! –dijo entusiasmado.

Jeremías, el reciente enemigo de Gálvez, torció la boca para envenenar sus palabras antes de hablar.

Don Alfredo intervino para prevenir que se dijeran ciertas cosas:

—Azul cielo... –dijo, pensando en su mujer, que adoraba ese también tenue suspiro de ángeles que era el color del firmamento.

—¿Quién vota por azul cielo? –se apresuró a decir don Manuel, levantándose súbitamente de su imperial silla–. Levanten la mano...

Nadie dijo nada. Todos miraban sus copas vacías. Catalina, la sirvienta, tuvo que volver a llenarlas.

—Bien, azul cielo descartado... –franqueó el espeso silencio el anfitrión–. ¿Qué dicen de un color ladrillo?

—Para eso mejor le quitamos la pintura y dejamos los ladrillos desnudos... –objetó Laureano, el más joven de los presentes, pero muy respetable y próspero dueño de la tienda de novedades.

Todos asintieron, apoyándolo. Ahora sí, paladeaban un buen coñac.

—Eso es trabajo de mujeres: escoger colores y esas babosadas –dijo otro vecino, enfurruñado. Se estaba perdiendo el partido de futbol.

—Pero no podemos traer a las mujeres, ¡hombre! Pintarían de lila la casa de Dios... hasta con flores, si pueden... –dijo Roberto, somatando la mano en su pierna–; además, que seguro terminarían arrancándose la greñas.

Todos asintieron, haciendo muecas. Definitivamente una decisión de tal importancia debía estar en las manos razonables de los varones.

—Amarillo suena bien, pero un amarillo más oscuro... como el de la iglesia de Santo Tomás, esa es bonita –se atrevió a sugerir un anciano, que hasta ese momento no había ni asentido ni negado nada.

—¡Esa es iglesia de indios! –espetó otro, ofendido–, usemos algo elegante, como un verde bosque...

Se escuchó un murmullo por toda la sala, que creció y decreció como una marejada, hasta convertirse en espuma.

—Verde es bonito, pero mejor en tono menta...

—¡Esa vaina no es hospital! –se escuchó una voz, como escondida detrás de un pañuelo.

Los pocos creyentes se persignaron ante el sacrilegio.

—Amarillo suave, insisto... –dijo Gálvez con voz sabionda y casi burlona–, es elegante... da luz...

—No funcionaría... –dijo don Martirio, relamiéndose los bigotes–, se ensuciaría de inmediato con la primera lluvia.

—Ahora es blanca... da lo mismo –agregó don Jeremías, burlón–, vos lo que querés, Galvecito, es deshacerte de los saldos...

—¿De qué color la querés, pues? –levantó la voz Gálvez–. ¿Rojo burdel?

Y es que ambos hombres habían tenido roces últimamente. El hijo de Jeremías cortejaba a la hija de Gálvez y este sospechaba que ya la había deshonrado.

—Ese está mejor para tu casa... –disparó don Jeremías. Y acertó en el blanco.

Ambos se levantaron, lanzando al suelo sus copas, que se hicieron trizas.

—¡Señores, señores! ¡Están en la casa de un amigo! ¡Por el amor de Dios! –gritó el pobre Alfredo, sacudiendo sus manos frenéticamente, pero sin atreverse a detener a los hombres, que calentaban los puños.

—¡Callate vos, dejate de huecadas! Dejalos que se den… –dijo Laureano, pensando en proponer una apuesta.

—¡Muchacho irrespetuoso! ¡No mereces un lugar en nuestro pueblo! –se interpuso Roberto, y le dio una bofetada a Laureano.

—Padre nuestro, que estas en el cielo –empezó a decir el anciano–, perdónalos, no saben lo que hacen…

—Tranquilos, ¡por el amor de Dios! ¡Aquí todos somos caballeros! –trató de hacerse escuchar don Manuel entre la creciente marejada de expresiones conciliatorias y de insultos que comenzaba a crecer en su saloncito, tan elegante y tan respetable.

Pero no pudo evitar que comenzaran los jaloneos de camisas y de corbatas. Los sombreros volaron por el aire y rodaron sobre la alfombra. Catalina, que estaba cerca, abrió la puerta para poner orden, pero se quedó a medio camino porque sintió como que la aventaban. Todos sintieron que los aventaban. Una lámpara cayó al suelo.

El viernes por la mañana Canuto ya no sentía la inquietud de anoche, la sensación de tener un olote trabado en la panza, y olisqueó el suelo, levantando nubecillas insignificantes de polvo con su hocico húmedo. Encontró un zapato gastado y mugroso que comenzó a masticar con un hambre que no conocía y a lamer con un cariño vagamente familiar. Soltó el zapato. Con la nariz embotada por el polvo, había perdido un poco el camino que llevaba a ese último lugar donde había meado el día anterior. Estornudó repetidamente, llevándose la pata al morro y rascándose unas cuantas veces. Abrió el hocico y sacó la lengua para sudar un poco del calor estival de Santa Margarita. Una pulga le hacía cosquillas en el pescuezo, donde no alcanzaba a rascarse. Lamentó que el lodazal de la pila se hubiera secado... ahí podría revolcarse ahorita... recogió el zapato y anduvo un poco, esquivando escombros y basuras. Escaló por un enorme trozo de ladrillos, tan grande como cien Canutos juntos, talvez doscientos... los perros no son buenos para el cálculo. Olisqueó el aire fresco allá arriba; gradas horizontales y una cruz rota, apenas unida a su parte inferior por un hierro retorcido. Creyó oler un hueso debajo de los ladrillos, un hueso fresco, de pocas horas... pero no tenía apetito. Lo guardaría para después. El sol del amanecer iluminó plenamente su cabeza despeinada. ¿A dónde es que se había ido Santa Margarita, pues? Ya no había tejados donde cantaran los gallos –que nunca había alcanzado a cazar–, ni chimeneas humeantes. Era como haber despertado en un lugar ajeno, lejano, pero que olía igual que su hogar. Se le escapó del hocico una especie de aullido destemplado y dejó sobre los ladrillos resquebrajados el zapato de su amo, el padre Josué, y se echó a meditar. El perro no sabía qué diablos era un terremoto, solo sabía que nadie le venía a servir pan con leche. Bajó por la cúpula de la capilla y encontró, todavía en pie, un pedazo de columna con la pintura descascarada y todavía olorosa a lejía

y a jabón. Echó una meada y decidió ir a averi-
guar por qué no le habían servido el desayuno.

Matar a la liebre

Ella iba viendo el paisaje; llevaba el brazo colgando afuera de la ventanilla y un cigarrillo entre los dedos. Sentía algunas hebras de cabello que le estaban picando en los ojos resecos y cansados. Colocó la botella de cerveza entre sus piernas y cambió de velocidad. Escuchó un chirrido y un traqueteo como tos de tuberculoso. No movió la vista del paisaje; no necesitaba ver la carretera: la conocía de memoria. Dio un sorbo largo, sin cerrar los labios en la boca de la botella; más bien dejó que resbalara el líquido libremente hacia su garganta y chupó el cigarrillo con placer a lo largo de la última tonada de la radio que agonizaba en sus últimos acordes. Faltaban unas cuantas millas para llegar al único bar que quedaba entre su casa y el siguiente pueblo. O sea, un lunarcito en medio de la nada. Comenzó la siguiente melodía. La animó un poco. Se llevó el cigarrillo a la boca y lo sostuvo entre los dientes, mientras tamborileaba en el timón con ambas manos. Inhaló nuevamente, soltando el humo por la comisura, sonriendo. Escupió la colilla por la ventana y volvió a dar un largo trago a la cerveza, hasta llegar al fondo de una espuma espesa que le provocó náuseas. Lanzó la botella por la ventana, contrariada, y abrió una nueva que traía en la hielera de lona a su lado: estaba igualmente espesa y tibia. El cielo palidecía en el horizonte y por el retrovisor vio la espléndida oscuridad que descendía tras ella, comiéndose las sombras del día. No había nada más que una larga serpentina de pavimento y millas de nada: tierra estéril, pasto seco… polvo. Parpadeó un par de veces, no estaba segura de lo que veía frente a ella. Ya no. Giró bruscamente hacia el costado de la carretera e hizo que su auto saltara entre las piedras, hasta detenerse de golpe al lado de un montón de ramazones secas. Brincó afuera, empujando con fuerza la portezuela, cayó sobre la arena suelta y recostó el trasero en la lodera; se bajó los pantalones y comenzó a orinar mientras prendía otro cigarrillo, viendo al cielo. Cuando terminó, se acomodó los pantalones, se subió la bragueta, alcanzó la botella de triple equis y caminó un poco, restregándose los ojos. No quería quedarse dormida manejando. Sobre todo, no hoy; uno de los mejores días de su vida. No era un buen día para morir en la carretera. Sacudió la cabeza un par de veces para despejarse. Oscurecía rápidamente. Estaba a punto de subir al auto, cuando los arbustos secos detrás de ella crujieron y se sacudieron. Una sombra blanquecina se elevó entre la penumbra: se le hizo agua el estómago. Con un movimiento rápido, instintivo, brutal, tomó el revólver que había dejado sobre el asiento y disparó. Blanco. El cuerpo de una liebre salió arrojado casi un metro, soltando pelusa y sangre. Se acercó con cautela; todavía palpitaba. Un par de ojillos agonizantes y aterrados empezaban a apagarse. La respiración, apremiante. Y después, nada. Simplemente nada. Maldijo su suerte, soltó unas cuantas lágrimas. No había sido su intención matar a la liebre.

Volvió al auto, negando con la cabeza. Se chupó los dedos y saboreó la pólvora. Un enorme camión pasó a su lado, sacudiendo al auto y dejando atrás una espesa estela de polvo y aire caliente. En un segundo había desaparecido en la cuesta. El rugido quedó retumbando por las laderas hasta que el eco implosionó.

Recostó la frente en el volante y se rascó la nuca; en las uñas tenía un rastro de sudor mugriento. Arrancó el cacharro, bombeando mucho el *clutch*. Las velocidades chirriaron de nuevo. Prendió las luces y se hizo a la carretera. Faltaba poco para su destino. A lo lejos divisó las luces de la parada de camiones. Se limpió los mocos con el antebrazo y se lanzó al lado opuesto de la carretera. El barcito estaba ahí, con sus luces iluminando una banda roja donde resaltaba el nombre del lugar. El parqueo estaba casi vacío: un camión, un auto y dos motocicletas. Bajó todavía con los ojos húmedos, se dirigió al baño y se sentó en el suelo a llorar por la liebre. Revisó el tambor del revólver: dos balas menos. Una desperdiciada en el maldito de su marido y otra, malsana, en una pobre liebre, víctima de un impulso ciego.

Absolutamente normal

Esa mañana me desperté cerca de las cinco y media, como siempre; preparé una taza de té y luego, acomodada en el patio, encendí un cigarrillo para esperar el día. Hasta ese momento todo bien, como siempre: el panadero llamó a la puerta a las seis en punto y el gato me vino a saludar, acurrucándose en mis piernas, como siempre; las empleadas domésticas de los vecinos enfilaron con rostros hastiados, enfundadas en sus echarpes de lana, sin saludar a nadie, bufando nubecitas de aliento congelado, como siempre. Una mañana normal. Súbitamente el gato levantó el morro, olisqueando el aire, y se lanzó al jardín, seguramente a perseguir a una lagartija. El jardinero del vecindario pasó por la banqueta, me hizo un gesto de saludo tocándose la visera de la gorra, como siempre. Todo normal. Me levanté e hice una rápida poda al arbusto de las margaritas, que tenía ya varias flores mustias. Saludé al panadero. Pasó trotando la vecina con su trajecito rosado y negro, muy apretado. Es una rubia natural, delgada y fresca. Llevaba el *ipod* en la mano y la vista fija en esas metas imaginarias de la gente emprendedora, dinámica y enfocada. La rubia parecía un caballito de carrusel haciendo su *jogging*. El mofletudo de bigotes negros y espesos pasó detrás, con *shorts* y calcetines hasta las rodillas, paseando a su perro. Un perrito faldero nervioso. Normal. El guardaespaldas de los de enfrente se paseó con su cara de *pitbull* constipado, hablándole a la solapa de su saco y escondiendo la mirada detrás de esos lentes oscuros de aviador, a todas luces marca *Mickey Mouse*. El gato volvió maullando de frustración: la cacería no había sido buena. Traía las fauces vacías: ni una rata, ni un pichón de zanate, ni siquiera una vil cucaracha. Se frotó meloso entre mis tobillos y agudizó los maullidos. Hasta ese momento, una mañana cualquiera, con lo de siempre de todos los días… mi empleada ya había llegado y desde la ventana de la cocina me saludó con la mano. Todavía llevaba su ropa de calle. Encendió la cafetera. Todo apuntaba a que este iba a ser otro día normal, un día cualquiera, ya lo dije. No había presagios en el cielo, no había cataclismos anunciados ni había tenido sueños cabalísticos.

Todo, pero todo, parecía absolutamente normal: me dieron ganas de ir al baño. Nada urgente, solo un simple y tímido llamado de la naturaleza. Pasé por la cocina: la percoladora comenzaba a borbotear, ahogándose en vapores espesos. Pasé por mi estudio: papeles desordenados. Encendí la computadora para que cargara mientras yo me ocupaba de los asuntos de los que se ocupan todas las criaturas naturales. Perfecto. Llegué al baño y me bajé los pantalones del pijama. Estaba por sentarme en el inodoro cuando sentí algo fuera de lugar. Algo no andaba bien, para nada. Era algo tan absurdo como meterse a la ducha con calcetas. Un descuido de esos de los que uno se ríe, pero no sin cierta preocupación… como los primeros síntomas del Alzheimer, o algo así: que sabes que dejaste las llaves donde siempre, pero no sabes dónde es donde siempre. Un reflejo automático llevó mi mano al pubis, porque de ahí venía el problema. O de ahí lo intuía. Para mi sorpresa, ni grata ni trágica, me topé con algo inesperado: un calzón. Instintivamente, y todavía con el culo en alto, agaché la mirada. Efectivamente, llevaba puestos los calzones, como si la sensación cálida del algodón en mi mano no hubiera sido prueba suficiente.

Así de ciegos como somos los seres humanos en nuestro constante estado de negación, no percibí esa anomalía como una señal. La asumí como un descuido nocturno, como un cansancio soporoso que me había impedido la salud nocturna de quitarme la ropa interior que había llevado durante el día, antes de meterme a la cama. Mi abuela siempre decía que había que dejar que la cuchufleta se aireara por la noche. Así que desde muy chiquita dormía sin ropa interior.

Me senté en el inodoro e hice lo mío. Mientras tanto leí un librito reservado para el retrete y me abandoné a la cálida intimidad del cuarto de baño. Sin embargo, por momentos me asaltaba la idea perturbadora de que la noche anterior no me había quitado el calzón, y perdía el hilo de la lectura. Recordé algunos de esos momentos vergonzosos de la vida en los que uno se fuerza a pensar: "Esto lo habré olvidado en un par de semanas. No es nada… solo fue un des-

cuido. Nada más. Esta noche prestas atención.
No es nada, tonta".

Me vestí sin ducharme, no hacía falta. De
todas maneras pasaría trabajando el día entero
en mi estudio. Lo que sí necesitaba era un café.
Presioné el botón del intercomunicador:

—Laura, ¿sería usted tan fina de traerme un
café al estudio? ¡Graciaaas!

La empleada no tardó en llegar, con la bandeja tintineando.

—Buenos días, señorita –dijo, con su sonrisa
alegre de siempre.

Depositó la bandeja en el escritorio y permaneció de pie, esperando –como siempre– a que
yo diera el primer sorbo y corroborara que el
café estaba en su punto, como a mí me gustaba.
Así que daba el primer sorbo, poniendo cara de
que estaba complacida, cuando me percaté de
que algo no estaba bien, de que había algo extraño en el café. Era algo indescifrable, esqui-
vo... imposible de señalar con precisión.

—¿Todo bien? –me preguntó, solícita.

—Todo bien, solo que hoy sabe diferente...
debo ser yo, Laura. Está rico... solo que... sabe
extraño. ¿Lo preparó como siempre?

Y entonces ella, con la candidez del inocen-
te, dijo algo que me perturbó:

—Lo preparé como me lo ha estado pidien-
do: no muy fuerte, tostado medio, crema y dos
de azúcar.

La lengua se me hizo pasta: no muy fuerte,
tostado medio, crema... pero. Pero ese era el
asunto: estaba demasiado dulce. Dos de azúcar.
Yo nunca le hubiera puesto dos cucharaditas de
azúcar a mi café. ¡Jamás! ¡Jamás de los jamases!
No tengo nada en contra del azúcar, que conste...

nada. Pero el azúcar es como la sal: se usa nada más para condimentar. Nunca debería echar sombra sobre los sabores principales, sino apenas resaltarlos con gracia. Y dos cucharaditas de azúcar era demasiado. ¿Echarían ustedes dos cucharaditas de sal a un plato de ensalada? ¡Claro que no! Pero la mirada de Laura corroboraba que mis instrucciones habían sido específicas. ¿Hace cuánto? ¿Desde hace cuánto tiempo yo había pedido dos, dos cucharaditas de azúcar? Recordé las palabras de mi madre: la servidumbre jamás debe verte titubear, nunca deben verte dudar… no debes contradecirte delante de ellos o usarán eso en su beneficio cuando menos te lo imagines. ¿Y si Laura me estaba jugando una treta?

—Laura, está bien. Ha de ser que acabo de lavarme los dientes y por eso lo siento raro… no sé dónde tengo la cabeza hoy. –Sonreí, dándole a entender que podía retirarse. Para enfatizar, di un sorbo largo al café y me volteé hacia la pantalla de la computadora para dar por terminada la plática.

Sin embargo, internamente sentía algo devastador. Si hubiera sido sólo el café con demasiada azúcar, no habría importado. Pero sumemos a esto que había olvidado quitarme la ropa interior por la noche… si hubieran sido dos eventos aislados, jamás habría reparado en ellos. Pero juntos… el mismo día…

Intenté concentrarme en mi trabajo pero, francamente, era imposible. Algo lejano me distraía. Los hechos, como una bullaranga lejana e insistente, me impedían concentrarme. Aun tratando de alejarlos, aun tratando de acallarlos con música e ideas, seguían ahí, profundos, echando sus primeras raíces. Pensé que estaba loca, que estaba perdiendo la cabeza por nada. Ajá, ¿de veras? Es como tratar de ignorar una mancha de salsa de tomate en una blusa blanca: una, aunque trate de actuar normalmente, tiene una hiperconciencia de la mácula, de la torpeza de haberse ensuciado.

¿Y si había algo más? ¿Algo más que hubiera pasado desapercibido...? Sentí escalofríos en las nalgas. Quería hacer algo para salvarme de esta desazón, de esta incertidumbre, pero tenía miedo; un miedo terrible de descubrir qué más había escondido entre esas sombras de olvido.

Para no darle largas a la historia, me levanté, anduve por la casa poniendo cara de inteligente y, por fin, decidí salir. Me subí al carro y fui al centro comercial. Necesitaba una dosis de compras. Una dosis de compras de lo que fuera: toallas nuevas, copas para tequila, un par de zapatos. Todo, o lo que sea, funciona. La cosa es entusiasmarse con algo y olvidar. Así que terminé con un par de bolsas, pesadas y grandes, golpeándome la rodilla mientras andaba por los pasillos del *mall*. No me sentía lista para volver, así que me fui a la librería: la lectura siempre me calma y si encontraba una novela, nada muy complicado, por supuesto, no más que una buena historia, podría dedicar el resto del día a simplemente divagar en ficciones y ahogar los atisbos de angustia que me asaltaban desde la mañana. ¿O debería llamar a mi siquiatra?

Me detuve frente a la estantería de novela traducida. Elegí una casi al azar y me dirigí a la caja. Pero cuando todo, menos la verdad, es producto del azar, mi elección fue fulminante: novela policiaca. Cuando la cajera corroboró en voz alta el título y el autor, caí en la cuenta de que había escogido una novela policiaca. No necesitamos más de tres señales para comprender lo que está pasando. La tercera es la vencida, decía mi madre. Joder. Tomé mis bolsas con las compras y salí a tropezones de la librería, dejando el libro y a la cajera atónita detrás de mí. No me importó que la gente me volteara ver; habrán pensado que tenía diarrea o que era una mala madre que había olvidado recoger a los chicos en el colegio. Igual salí corriendo.

Era tal el temblor de mis manos cuando me subí al carro, que no podía siquiera meter la llave en el *starter*. Pragmática, como me criaron, respiré profundamente e hice un superficial inventario: había dormido con la ropa interior puesta, como el púdico de Rodri; había pedido café dulce, como le encanta al desabrido de Rodri, y había elegido una novela policiaca, el género que le encanta a Rodri, mi novio. Algo perturbador me estaba pasando y ya sabía qué era. Tomé el celular y llamé a Rodrigo.

—Hola, mi amor... –respondió.

—Cariño, hola –dije. No sabía, de veras no sabía, cómo explicar lo que me estaba sucediendo. Pensé en mi padre: "¡Siempre diga las cosas como son!".

—Cariño –repetí–, me estoy convirtiendo en vos. Así que ya no podemos vernos más. ¡Esta relación se acabó!

A lo lejos escuché, mientras alejaba el teléfono de mi oreja y buscaba el botón de colgar:

—¿Qué? ¡¿Qué mierd...?!

Feliz de la vida

Dominique levantó la cerveza que tenía en la mano, a manera de brindis. Beth estaba a su lado, sumida hasta el fondo de su vaso casi vacío. Hizo un gesto con la cabeza, una especie de latigazo con media sonrisa en los labios y la boca aún llena con el último sorbo de vodka.

Dominique soltó una carcajada sonora y le hizo un gesto al mesero para que trajera más.

—Yo sabía que eventualmente él me iba a ser infiel... ya había visto las miradas que le lanzaba a Kate... demasiadas atenciones, demasiadas invitaciones... pero más importante que eso era la fijación que tenía con su nombre: *Qué bien te ves, Kate... ¿Quieres sentarte en la pérgola, Kate? ¿Qué opinas de las elecciones, Kate?* Había qué verlo cómo le servía el vino cuando venía a casa a cenar con su marido: *¿Más vino "Kate"?* Cómo se reía de los chistes de Kate; cómo empezó a invitarlos con mayor frecuencia para que fueran con nosotros al club; cómo se sentaba a su lado para fumar porros en la pérgola después de los almuerzos del sábado. Todo mundo había empezado a comentarlo, todo el mundo se daba cuenta... menos él.

—¿Y ella qué decía?

—Nada, ella feliz de la vida. ¿A qué mujer no le gusta que le pongan atención?

Dominique cruzó la pierna y prendió un cigarrillo, aspirando mucho humo y luego exhalándolo despacio, largamente... columpiando la sandalia con el dedo gordo del pie. Las nuevas bebidas llegaron. La música estaba fuerte. La cabeza de Beth se movía al ritmo de la melodía. Volvió a ver a su amiga.

—¿Y qué pasó después?

—Las visitas se hicieron más y más frecuentes... luego, pasaban los fines de semana en nuestra casa de la playa...

—¿Y tú? ¿No dijiste nada?

Dominique negó con la cabeza y luego dio un sorbo largo a su cerveza.

—Bueno, sí... se lo hice notar, pero eso solamente lo puso a la defensiva. Ya era demasiado obvio a esas alturas cuál era su intención. Y las invitaciones no cesaron, ni siquiera disminuyeron un poco. No era algo calculado, más bien... era algo que él no podía evitar. A veces me despertaba a media noche porque estaba masturbándose.

—¿Así que el hijo de puta te fue infiel? –inquirió Beth, después de tragar torpemente de su vaso de vodka.

—No, todavía no...

—Quien se lo ve, ¡todo santurrón!

—Ya ves, y con mi "gran amiga".

—¿Y tú qué hiciste?

—Cómo el infeliz no iba a desistir, decidí vengarme de su infidelidad, antes de que sucediera…

—¿No me digas que te buscaste un amante? ¡Te tiraste al marido de Kate!

Dominique levantó los dos dedos entre los que sostenía el cigarrillo, moviéndolos como un profesor que está por aleccionar a una alumna rebelde.

—Antes de que mi marido… antes de que se diera la oportunidad, –Dominique exhaló el humo con gesto definitivo–, me tiré a Kate yo primero, me la llevé a la cama.

EL GALLO DE LA MEDIA NOCHE

La ventana brillaba, refulgía con una luz amarillenta que atravesaba la cortina de gasa, dando la impresión de que un amanecer dorado era inminente. Toda la noche era el preludio de ese amanecer dorado, talvez como se veía en una de esas fotos de calendario que muestran una playa en pleno verano. O quizá podría ser un perpetuo atardecer que duraba toda la noche, hasta que en la madrugada se desvanecía cuando las luces de los faroles se apagaban. Y la cama de Felipe estaba orientada hacia la ventana, hacia el perpetuo falso sol.

Felipe se había hospedado en esa habitación del hotel hacía algunas horas y apenas comenzaba a descubrir los gemidos del viejo edificio, sus luces y sus sombras en los pasillos, los silencios intermitentes, los cantos guturales del excusado... y la luz del farol que quedaba a escasos metros de su ventana. Así que había descubierto aquella noche que en su cuarto habitaba una luz permanente, un día que no se apagaba. Hay un instante de la vigilia en que nada es lo que parece ser, y a Felipe le pareció que la luz era una música acompasada, que era casi de mañana y que no habían pasado más de dos horas desde que se había metido a la cama. Pero no era el perpetuo amanecer lo que lo confundía: era el canto de un gallo. Sin duda, no tardaría en amanecer, no tardaría el resplandor azulino de la madrugada en zanjar el horizonte. Felipe terminó de despertarse y se rio para sus adentros. No había un atardecer dorado en su ventana y no había tal gallo anunciando el alba: estaba en un hotel en pleno centro de la ciudad, rodeado al menos de cuatro kilómetros a la redonda de edificios y casas comerciales y aparcamientos de concreto. No estaba en una granjita de la campiña.

A ratos escuchaba a un auto pasar volando o a una moto con su zumbido nasal perdiéndose en la lejanía de las calles. Se levantó y se metió en sus bóxers blancos, se enfundó en la bata y se dirigió hacia el balcón. Separó las dos hojas de la puerta de madera, corrió el pestillo de las puertas de vidrio y se preparó para aspirar algo de la limpieza del alba. Más tarde el aire apestaría a humo y a alcantarillas. Encendió un cigarrillo y aspiró profundo... definitivamente no estaba muy cerca el alba: la calle estaba anegada de citadina nocturnidad. Y de pronto lo escuchó otra vez y muy distintivamente: el canto de un gallo.

Se asomó un poco más afuera del balcón. Silencio. Hurgó con la mirada las terrazas de la calle de enfrente y hasta la esquina, alzó la vista hacia el antiguo edificio de telefonía y hacia la catedral, varias cuadras a la derecha. El gallo cantó desde el lado izquierdo. Felipe aspiró profundamente el humo de su cigarrillo, ahora de manera nerviosa, parpadeando como si quisiera deshacerse de una basurita en las pestañas. Volvió la mirada hacia la mesita de noche: eran las doce con siete minutos. El gallo cantó de nuevo.

—¡Son las doce, idiota! ¡Los gallos cantan al alba! –gritó Felipe desde su balcón.

—Quiquiriquiquiiiiii –respondió el gallo, ignorando la ofensa del hombre.

Ahora Felipe estaba francamente agitado. Quiso entrar en la habitación, pero no había terminado de dar un paso cuando ya estaba de regreso en el balcón, sacando medio cuerpo sobre la pared de adobe y columpiándose peligrosamente sobre la calle, dos pisos más abajo. Aguzó la mirada: techos, techos y más techos; tuberías de calefacción y tuberías de ventilación; tejas rotas, parqueos desolados; una que otra luz de portería. No lograba imaginar dónde vivía el gallo; el solitario gallo, el gallo idiota que cantaba a deshoras en medio de cuadras y cuadras de concreto. Pasó otro auto, un bólido que rechinó las llantas al doblar en la esquina y que casi se lleva de largo una señal de alto. Ya no cantó el gallo. Felipe se frotó ansiosamente la barbilla. El bólido había asustado al gallo.

—Quiquiriquiiiiiiiiiiiiiiiiiii

Felipe expulsó un par de gritos destemplados que más parecían el aullido de un perro frustrado. Olvidó que tenía sueño, que por la mañana se reuniría con Elsa, que había viajado demasiados kilómetros, moliéndose los huesos, solo para verla. Solo para convencerla de que volviera con él. A primera hora tenía que verse despejado, sereno, dueño de sí mismo… era imperativo transmitir una imagen que le mostrara a Elsa que…

—Quiquiriquiiiiiiiiiiiiiiiiii

—¡Ahhh! –exclamó Felipe–. ¡Cállate!

Ahora solo podía pensar en el gallo, en el idiota del gallo que ignoraba que era media noche. Su vecino de cuarto dio varias palmadas contra la pared y gritó unos cuantos improperios.

—Quiquiriquiiiiiiiiiiiiiiiiii

Felipe entró dando tropezones y se golpeó el dedo gordo del pie contra la mesa. Se puso los viejos pantalones deportivos, se cruzó la bata sobre el pecho desnudo y, en calcetines, salió corriendo por el pasillo. Casi rueda por las gradas en su afán de alcanzar la calle. Para su buena suerte, la reja de la entrada todavía estaba abierta. El portero, que estaba acostumbrado a ver de todo, siguió leyendo su revista. Solo había alcanzado a ver una sombra flaca, una vieja bata ondeando, un cabello revuelto y el cuerpo medio desnudo de quien asumía era el individuo de la 33; el mismo tipo que se había registrado esa mañana y que había bajado varias veces a preguntar si una tal Elsa había llamado o dejado una nota para él.

Felipe corrió a la cuadra de dónde provenía el canto del gallo. No podía estar muy lejos. La calle estaba desierta, el asfalto muy frío, los semáforos titilantes. Otra moto pasó zumbando a su lado, dejando una larga estela de aire apestoso a combustible quemado.

—¡Canta! ¡Infeliz desquiciado! ¡Canta! –gritó, con las manos crispadas, doblando las rodillas y girando sobre sus escuálidos talones–. ¡Que cantes, te digo!

—¡Quiquiriquiiii! –respondió, obediente, el gallo.

¿Cómo era posible que ahora sonara más lejos, si desde la ventana parecía estar apenas a media cuadra de la esquina? Felipe cruzó la calle. Comenzó el recorrido desde un edificio que decía Casa Municipal Auxiliar, pegando la oreja a la puerta de madera. Nada. Siguió adelante, repitiendo la operación en cada puerta de la cuadra: catorce puertas en total.

—¡Quiquiriquiiii! –se burló el gallo, talvez cinco puertas atrás.

Felipe corrió en dirección al canto del estúpido gallo, llamándolo a gritos. Un guardia nocturno de la farmacia de la esquina salió con su macana; algunas luces se encendieron.

—¡¿Qué chingados le pasa?! –le gritó el guardia de la farmacia–. ¡Deje dormir!

Felipe se detuvo en seco.

—El gallo –respondió, jadeante–, hay un gallo cantando y son las doce de la noche, no las cinco de la mañana. ¿No lo oye?

—Yo no oigo nada…

Felipe encogió un poco la espalda.

—Espérese… dele unos minutos y va a ver…

A lo lejos, en la avenida, se escuchó otra moto, luego una ambulancia. Y después, un golpe seco: garrote contra huesuda espalda.

—¡Váyase a dormir! –gritó el guardia, propinándole otro garrotazo en las costillas–. ¡Aquí no queremos locos!

Felipe chocó contra la pared y su nariz crujió levemente. Otro garrotazo detrás de las rodillas. Regresó al hotel a fuerza de golpes y gateó por el vestíbulo hasta la reja, viendo bailar el piso de patrón ajedrezado. El tipo de la recepción abrió la reja y lo dejó entrar, negando con la cabeza.

—Si no se calma, vamos a tener que echarlo a la calle. Los huéspedes ya se quejaron –dijo el tipo con una mirada de sospechosa paciencia.

—¿No oye al gallo? –respondió Felipe, todavía excitado y nervioso.

—¿Qué con el gallo? –preguntó el tipo de la recepción, bostezando.

Felipe subió a la habitación y se metió entre las sábanas, unas sábanas casi transparentes a fuerza de uso y de dar vueltas en el carrusel de la lavadora. Se cubrió hasta la barbilla con la frazada, viendo el falso atardecer veraniego del farol en la ventana. Tenía que reunirse con su Elsa en pocas horas. Se rascó algo que le molestaba debajo de la nariz. Era sangre seca.

—Quiquiriquiiiiiiiiiiiiiiiiiii –cantó el gallo.

EL VALOR CIEGO DE LAS LETRAS

Después de un largo trayecto, dificultoso y frío, el viejo Nautilo alcanzó la puerta de la librería. Había caminado por las rancias calles que la ciudad había abandonado desde hacía muchos años y que ahora estaban anegadas por la lluvia. Se le habían mojado las botas de cuero. Estaba llegando al extremo de su paciencia.

—¡Estafadores! –exclamó iracundo, al tiempo que las campanillas de la puerta tintineaban nerviosamente– ¡Farsantes!

Algunos clientes volvieron la vista hacia el viejo, haciéndose gestos de consternación entre ellos.

Uno de los dependientes, un jovenzuelo de anteojos redondos, se apresuró al encuentro de Nautilo, pidiéndole que moderara el volumen de su vozarrón.

—Caballero… ¿qué sucede? –rogó el dependiente, guiándolo a un pasillo desolado.

—Pasa que los libros que ustedes venden solo se pueden leer una vez… ¡una sola vez! ¿Sabe cuánto pagué por este libro? ¿Sabe cuánto es mi pensión? ¡Y solo se puede leer una sola vez! No sé qué estafa se traen entre manos… –lo increpó el viejo, bufando.

—No entiendo, caballero… pero con gusto le ayudo a resolver su problema –dijo el muchacho, echándole una mirada de disculpa a los otros clientes que comenzaban a disimular sus risas, ya pasado el primer susto por la violenta irrupción del viejo.

Nautilo logró contener un poco su ira, dejándose guiar por el muchacho hacia la oficina de servicio al cliente. Llamó al gerente por el intercomunicador. En ese momento entró un nuevo cliente a la librería. Al viejo las campanillas le parecieron demasiado alegres… como si un cliente enojado fuera motivo de celebración. Estas nuevas generaciones no tenían respeto por nada. ¡Por nada! Tuvo que esperar algunos minutos. Observó detenidamente a sus alrededores. Todo era nuevo y vanguardista: las computadoras, las estanterías, los objetos… hasta los libros y sus títulos. Todo le parecía una falta de respeto a la literatura. Un título rezaba *Quince maneras de hacerse rico*; otro, *Diez mantras para sobrevivir al desamor*. Había otro que le llamó la atención en lo alto de la estantería: *Tres simples pasos para conectarse con su yo interior*. El que estaba sobre el escritorio, decía: *Convertirse en* Entrepeneur *en 15 días*. Y a su lado: *Manual eficiente del librero: un simple paso al éxito editorial en tiempos modernos*. Y al fondo, una pila polvorienta de títulos excelsos en ediciones de bolsillo. Nautilo negó con la cabeza… era un insulto. ¡Odiaba los tiempos modernos! Era tiempo de tretas y no de letras –ya lo comprobaba su libro–, de dar cada vez menos pasos para el éxito… nada de convicciones, de ética, de esfuerzo... y menos de excelencia y de lectura real, obviamente. No comprendía los avances de la tecnología; sin duda era consecuencia de eso lo que le había pasado a su libro. ¡Era un abuso! Además, aprovecharse de su ignorancia...

La puerta de vidrio se abrió despacio y entró un hombre chaparro, de unos treinta y tantos años, de rostro lechoso y una frente abombada que crecía, brillante, hacia una incipiente calvicie. Tenía los dientes demasiado blancos y una boca casi femenina. Traía puestos unos ostentosos anteojos de carey. Sonreía.

—Caballero... buenas tardes... soy el gerente. Me dicen que tiene un problema con el libro que adquirió en nuestra librería. Cuénteme, ¿cuál es el problema? ¿Está mal compaginado? ¿Mal encuadernado? ¿Tiene problemas de humedad? –indagó, todavía ostentando su sonrisa de aeromoza.

Nautilo sacó de la bolsa de papel que llevaba en la mano un hermoso ejemplar, encuadernado en piel de cabritillo, aparentemente en excelentes condiciones. El gerente hizo obvia su sorpresa.

—Pero señor, este es un ejemplar de colección... ¡Inmejorable! ¡No puedo imaginar cuál es el problema! –exclamó, tomando el libro, al mismo tiempo que acariciaba la tapa con cierto primor y se sentaba en su carísima silla ejecutiva de cuero.

El viejo se inclinó hacia el escritorio. Entrecerró los ojos.

—Sucede, muchacho –le dijo, señalándolo con el índice–, que los libros que ustedes venden como "joyas" solo se pueden leer una vez.

¡Una sola vez! ¡Y pagué mucho por este ejemplar! ¿Qué clase de treta de mal gusto es esta?

El gerente abrió el libro y, para su sorpresa, estaba en blanco.

—Pero... este libro está en blanco... –balbució consternado, quitándose los anteojos, como si estos fueran el impedimento para ver el texto. Efectivamente, el libro estaba en blanco–. Pero, ¡está en blanco! –reiteró–, debe ser un error. Entonces, caballero... no pudo usted haber leído este ejemplar... ni una sola vez, porque, por si no se fijó bien, está en blanco –terminó, regocijándose de haber descubierto que el viejo mentía: nunca había leído el libro. De manera que no era cierto que solo se pudiera leer una vez. El problema era que nunca se había impreso. Se trataba de un error de origen. El caballero que tenía enfrente sin duda estaba senil.

—¿Me está llamando mentiroso? –preguntó el viejo, sintiendo el temblor de la ira en su huesudo cuerpo.

—¡Jamás! ¡No me atrevería! –mintió el gerente, conteniendo una sonrisa que no quería ser condescendiente–. Nunca me atrevería a insultar a un cliente, y mucho menos a un caballero como usted. Sin duda fue un error de la imprenta. Pero vamos a corregirlo de inmediato.

—¡Que no! ¡Que sus libros no funcionan!– exclamó Nautilo–. No me vea como a un viejo loco... ¡lo leí!, y cuando quise volver a leerlo, el texto había desaparecido.

—Abuelo... eso es imposible –dijo el hombre con cierta dulzura irónica, poniendo el libro a un lado. Y agregó complaciente–: Con gusto se lo reemplazaremos.

Pidió por el intercomunicador otro ejemplar, al tiempo que le alargaba un tazón de cristal con caramelos de dulce de leche. El viejo declinó las golosinas, exasperado.

Llegó el nuevo ejemplar. El gerente lo abrió, constatando que todas las letras estaban en su lugar. Hojeó el libro, no tanto para comprobar que el texto estaba allí sino para abanicarse porque hacía un poco de calor. Cuando terminó de hacer parpadear el papel, dijo que todo estaba en orden.

—¿Ah, sí? Ya va a ver... –le espetó el viejo, arrebatándole el libro de las manos.

El gerente prendió un cigarrillo y volteó su silla hacia la ventana; en último caso, este tiempo libre no le venía nada mal. Nautilo comenzó a leer, tomándose su tiempo a propósito para fastidiar al librero. Efectivamente, cada palabra que Nautilo iba leyendo, desaparecía. Cuando pasó de la página diez, lanzó el libro sobre la mesa, satisfecho.

El gerente lo tomó y pasó las hojas despreocupadamente: todo parecía normal... Nautilo se lo arrancó de las manos y, colocándolo frente a él, señaló con un dedo enfático las primeras diez páginas: las primeras diez páginas aparecían en blanco. Por un instante el librero se quedó desconcertado (no era posible que este ejemplar tuviera también el mismo problema) y, comenzando a enojarse, le pidió al viejo que leyera el primer párrafo de la página cuarenta y cinco, pero no antes de que él comprobara que todo estaba debidamente en su lugar. Ya corroborada la existencia del texto impreso en la página cuarenta y cinco y después de que el viejo hubo terminado la lectura, fue él quien le arrebató el libro, comenzando a perder la paciencia: las palabras habían desaparecido. ¡Todas las palabras del primer párrafo habían desaparecido! Sintió una cascada de vacío en el pecho: ¡Era imposible! ¡Simplemente era imposible! Se puso y se quitó los anteojos varias veces: el párrafo no estaba ahí. Había desaparecido. Punto. Atacado de un inesperado frenesí, leyó la primera oración de la página ochenta y dos; la releyó dos veces más, pero no pasó nada: las palabras siguieron en su lugar, sin haber perdido ni un tono de su tinta. Retó a Nautilo a que hiciera lo mismo; que ahora lo leyera él. Le pasó el libro y, después de que hubo leído el viejo, la primera oración de la página ochenta y dos había desaparecido. El gerente se rascó la barbilla, intrigado y molesto.

—Se me ocurre algo… –dijo echándose hacia atrás–, recuerde lo que leyó, en lugar de leerlo…

´ Nautilo cerró los ojos y repitió lo que recordaba del párrafo. Siempre había tenido buena memoria. El gerente vio con asombro que las palabras iban regresando al espacio en blanco; sin embargo, carecían del orden original y ahora no tenían sentido alguno. Miró con desconfianza al viejo y le dijo:

—Lo siento caballero… el problema no es nuestro; el problema es suyo. El problema es usted. Usted es quien desaparece las palabras, el que arruina los libros. Así que no me venga con historias: va a tener que pagar también por este ejemplar.

AVENIDAS DESOLADAS

Félix estaba frente a la estufa rajando la cáscara de un huevo contra el filo del gabinete. Hizo como en la tele: lo rajó por la mitad, lo levantó con un movimiento rápido de los brazos, separó ambos extremos y dejó caer un viscoso hilo de yema y clara a la sartén. Parecía disfrutar ese momento. Repitió la operación con un segundo huevo. La sartén era negra y tenía algo más adentro, algo que evidenciaba la cena de un hombre soltero, solo, que se cocina algo indescifrable a las ocho de la noche, no en una estufa, sino en una hornilla que ha colocado sobre el gabinete. Movió y revolvió con cierta gracia y hasta con candorosa alegría el contenido de la sartén. Se sacó la camiseta del pantalón y la alzó sobre el cincho; luego se llevó la mano al vientre, acariciándose como esas mujeres embarazadas que se acarician la barriga, haciendo movimientos circulares. Tomó la paleta de nuevo y volvió al contenido de la sartén. Era de noche y las luces de los edificios aledaños se iban prendiendo y apagando.

Un conserje nocturno estaba limpiando los ventanales del edificio estatal de telefonía, justo detrás del edificio de Félix, pero varios pisos más arriba. Algunas personas iban y venían. Trabajaban tarde. Otros salían a fumar a los balcones. Era una noche clara. Frente a la ventana de Félix pasó una anciana cargando una lonchera roja, su sombra *brincoloteando* por las paredes de la calle, según la luz de cuál farol alcanzara a la vieja. A veces la sombra se duplicaba, creando un efecto de mundos paralelos. Félix seguía cocinando en la misma sartén la misma comida. Los vidrios biselados creaban un efecto similar al de la sombra de la anciana, multiplicando su mano por tres. Félix pensaba en su vida, pensaba en que hubiera sido bueno tener una mujercita que le cocinara.

No vio a la vieja pasar frente a su ventana. La vieja atravesó la luz de la calle hacia la oscuridad de la esquina y su sombra desapareció en esa oscuridad, abandonándola definitivamente, lo más probable, igual que el resto de las sombras de su vida. Félix se acercó al escritorio, junto a la ventana, y movió algunos papeles. El conserje del edificio de telefonía se bajó de la escalera y comenzó a limpiar las pequeñas ventanas de ventilación cerca del suelo de linóleo. Félix volvió a la sartén para comprobar la cocción de su extraño guiso –que incluía dos huevos y nada más que dos huevos– moviendo la paleta. La luz de uno de los faroles de la calle parpadeó, produciendo un sonido igual de parpadeante, que llamó su atención. Se asomó por la ventana y se triplicó su rostro en el biselado. La luz del farol que se había apagado había, al mismo tiempo, disminuido el número de sombras de los posibles peatones. No pasaba nada, no había un incendio en el farol. Félix volvió a la estufa. Félix pensó que él hubiera podido tener un mejor empleo, vivir en su propia casa, con una mujercita que le cocinara. Aunque de hecho no tenía importancia: su extraño guiso, con dos huevos, era, después de todo, una buena comida. Olvidó la idea de que la vida hubiera podido ser mejor. Esas ideas no le pertenecían a personas como él: eran igual que las sombras de la vieja que *brincoloteaban* según la luz de cuál farol.

No sé cómo se llamaba Félix, pero estaba en esa ventana de la casa de enfrente, cocinando. Qué pensaba, no lo sé tampoco; pero me pareció apropiado otorgarle una historia a ese hombre solitario. Mi mirada se volvió a la ventana del otro edificio: el conserje nocturno seguía trabajando en los ventanales ¿Se llamaría Leonel?, y de inmediato me percaté de que uno de los tipos que había salido a fumar al balcón me observaba fijamente. Me observaba con descaro. ¿Desde hacía cuánto tiempo? Nos separaban... ¿Cien metros? Entre el último piso del edificio de telefonía, la noche que oscurecía temprano a causa del clima y la cuadra entre su edificio y mi balcón... el observador se había convertido en el observado.

Males del corazón

Verónica amaneció mal ese día... le faltaba el aliento. Sin embargo, no permaneció en cama. A pesar de ir sintiéndose mejor conforme avanzaba la mañana, todavía sospechaba que algo no estaba completamente bien en su cuerpo. Pidió permiso para salir temprano del trabajo y fue a visitar al doctor Ismael Carranza, un cardiólogo que le habían recomendado, por si acaso.

Cuando llegó el turno de escuchar el corazón, el médico hizo un gesto de extrañeza y apagó la música. Estaba escuchando a Prokofiev. Acercó de nuevo el estetoscopio al pecho de Verónica y escuchó con verdadera atención. Se lo retiró bruscamente y buscó otro en la gaveta del escritorio. Lo mismo: un aleteo inexplicable. La mujer comenzaba a alarmarse, lo mismo que el doctor. Con discreción, el médico le pidió a su secretaria que llamara a una ambulancia; tenían que llevar a la señora de inmediato al hospital. Y, aunque temía que el caso fuera no solo rarísimo sino sumamente delicado, no le dijo nada a la joven. Salió del consultorio y llamó al mejor especialista.

—Una arritmia verdaderamente inusual –dijo en un susurro, ocultando su voz con la palma de la mano–. Sí, aparentemente desde la mañana… ¿drogas?… es posible… vamos a hacer los análisis necesarios. Ajá… no, no, más bien como un violonchelo… sí, nos vemos en el hospital…

Le hicieron exámenes de sangre, radiografías, ultrasonidos, laboratorios y varios electrocardiogramas. El médico consultó a varios especialistas que pasaron varios días intrigados, atormentados y desvelados, esperando el desenlace del extraño padecimiento, temiendo que fuera fatal.

El doctor Carranza, contrariado y decididamente obsesivo, no descansó por varios días, incluidas sus noches, revisando los resultados. Tuvo que corroborar, no una ni dos veces, sino muchas, en las impresiones de los electrocardiogramas y en las grabaciones de los indescifrables pálpitos del corazón de Verónica los improbables resultados. Hasta que descubrió la rara enfermedad que padecía la muchacha. En efecto, era un problema de ritmo, pero de ritmo musical; el primer patrón en las ondas del electrocardiograma correspondía a una melodía de Corelli; el segundo, a una de Wagner, el tercero a una de Vivaldi… y luego, Bocherinni, Chopin, Satie… y así en adelante. Sus latidos no eran otra cosa que música y su padecimiento, incurable.

Lady Godiva

Amelita Leal estaba recostada sobre la paleta del pupitre en una postura poco común: su cabeza descansaba sobre el hueco del codo y el otro brazo colgaba inerte a su lado; tenía las piernas separadas, las rodillas ligeramente encogidas y la parte inferior de las piernas alargada hacia atrás, de manera que los empeines de los pies descansaban sobre la rejilla que estaba debajo del asiento, donde se colocan los libros. Parecía dormir; sin embargo, la extraña postura era muy incómoda. El torso, alargándose demasiado, estaba rígido, como suspendido. Al profesor Lagos le dio la impresión de que la chica descansaba sobre el lomo de un caballo, como una adormilada *Lady Godiva*, rendida después de una larga cabalgata. La observó por un instante desde la puerta de la clase antes de acercarse. Posó la mano sobre el hombro de la chica y la sacudió un poco. No recibió respuesta ni reacción alguna.

—Amelia –dijo, sacudiéndola un poco más fuerte.

Nada.

A veces era odioso lidiar con adolescentes. Hacían cualquier cosa por llamar la atención. Ya más de una vez alguna de las chicas de los básicos había intentado "suicidarse", tomándose un frasco completo del acetaminofén de la enfermería. Líos de novios y rivalidades con las amiguitas.

El profesor se acuclilló a su lado y repitió la operación, todavía sin alterarse.

—Amelia, despierte –insistió.

La jovencita esbozó una sonrisa, pero no abrió los ojos. Pasaron unos segundos. De pronto el profesor creyó saber qué le pasaba… seguramente había bebido. Hacía apenas una semana, una de las alumnas del bachillerato había robado una botella de ron de su padre y la había traído a la escuela. Con sus compañeras mezclaron una parte con el refresco de frutas de sus loncheras. Más tarde, una de las profesoras encontró a tres de las chicas durmiendo en el gimnasio. Seguramente era eso. Amelia seguía sonriendo deliciosamente, con los ojos cerrados, sin haberse movido siquiera un milímetro.

—¡Amelia! ¡Quiero sentir su aliento! –demandó el profesor Lagos, acercando un poco su rostro al de la chica.

Amelia encogió los labios ligeramente y exhaló despacio un tibio vaho, como quien sopla para apagar una vela, sin abrir los ojos. El profesor Lagos percibió un penetrante aroma a goma de mascar de frutas, pero nada de alcohol. Todo esto le parecía extraño porque Amelia era bien portada y buena estudiante. Nunca participaba de las tonterías de las otras chicas. No podía imaginar a qué estaba jugando.

—Amelia… ya es suficiente… –titubeó un instante el profesor–. Vaya al patio, que solo quedan cinco minutos de recreo. Usted ya es una señorita a punto de graduarse. Déjese de tonterías.

—Es que me echaron pegamento en los ojos y no puedo ver nada… –respondió ella en un murmullo adormilado, como si hablara desde el profundo placer de los sueños.

Inmediatamente el brazo que antes colgaba lánguido a su lado se adelantó hacia el rostro del profesor Lagos y sus dedos lo acariciaron, apenas rozándolo, desde la frente hasta la barbilla, como si pretendiera despojarlo de una máscara. No pasó un segundo y ella ya había erguido el cuerpo. Ahora rodeó con sus dos manos el rostro del hombre, palpando la piel con delicadeza, como si, efectivamente, se hubiera quedado ciega. El profesor, sorprendido por unos instantes, se dejó hacer. Unos segundos después reaccionó y se alejó bruscamente. Las manos de la chica quedaron suspendidas en el aire.

—¡De verdad! ¡Tengo los párpados pegados! –insistió ella, con una voz tersa y lejana, casi como un gemido.

El profesor Lagos no le iba a seguir el juego. Advirtió en todo su cuerpo una urgencia nerviosa por retroceder y alejarse de la muchacha. Todavía sentía en la epidermis el breve paso de los dedos de Amelia; era una especie de cosquillas que iban echando raíces en los músculos y penetraban ligeramente los huesos. Se sentía turbado y un poco amedrentado, pero si lo demostraba, perdería su autoridad. Se pasó la mano por el rostro con fuerza, intentando arrancarse, de una vez por todas, esa sensación incómoda y placentera.

—¡Levántese y váyase al patio con las demás alumnas! –le ordenó con un tono serio y parco.

Ella se levantó adelantando los brazos, todavía con los ojos cerrados. Por un momento volvió la cabeza buscando el rostro del profesor. Abrió la boca ligeramente, como si pudiera verlo a través de la fisura umbrosa que formaban sus labios. Soltó una carcajada divertida y abrió los ojos. Al profesor Lagos le pareció que ese simple gesto se parecía demasiado al amanecer, al preciso instante en que el sol se desprende del horizonte y súbitamente nacen las sombras del mundo.

Esa tarde, el profesor Lagos pasó a beberse un whisky antes de regresar a su casa. Era riesgoso trabajar en un colegio de señoritas. De verdad que estaban locas. No era raro que algunas les coquetearan a los maestros para tratar de conseguir mejores notas o, en otros casos, que de hecho se enamoraran de ellos. Pero el profesor Lagos no estaba seguro de las intenciones de Amelia. ¿Era nada más que un juego ingenuo y él estaba atribuyéndole otras intenciones? ¿Había malicia en ese gesto que tenía mucho de lúdico, espontaneidad, ternura e inocencia? Se reacomodó en el banco. Repasó cada momento del extraño encuentro, hurgando en cada movimiento de la muchacha, reviviendo el aroma frutal de su boca, viendo las pestañas oscuras inmóviles, las manos suspendidas en el aire. Luego sorprendió a sus propias manos imitando sobre la barra los movimientos con que ella lo había acariciado. Apretó los puños para espantar aquel gesto involuntario. Por mucho que quiso no encontró una señal evidente de sensualidad, pero definitivamente, tampoco de inocencia. Lamentó que no fuera viernes para no tener que verla al día siguiente. Bebió un trago más y se le antojó comprarse goma de mascar de frutas.

Cuando llegó a su casa, su mujer estaba sentada a la mesa. Llevaba puesta una bata de toalla y un turbante de seda. Se había retirado el maquillaje. Bebía una taza de té. Apenas alzó la vista cuando entró su marido. La casa estaba en silencio. La escena doméstica era perfectamente normal: las lámparas con su luz tenue, la alfombra de la sala escondiendo sus pasos, el té humeante en la mesa, las cortinas corridas, el olor de la cena recién calentada.

—¡Qué día tuve! –dijo ella a modo de saludo.

El profesor Lagos se acercó a la mesa y llevó su mano a la cabeza de su mujer.

—Aleja un poco la silla –dijo, haciendo caso omiso de sus palabras.

Ella percibió una dolorosa voluptuosidad en la voz de su marido; como el suspiro del mar al tragarse un barco. Él ya estaba jalando la silla para alejarla de la mesa.

—Recuéstate así… –agregó, guiando el cuerpo de su mujer y acomodándole los brazos, uno para acunar su rostro y el otro para que pendiera a su costado.

—¡Estás loco! –respondió ella, con el cuerpo tenso, pero dejándose guiar.

Él se agachó y, despacio, le separó las piernas para que quedara una a cada lado de la silla, como si estuviera montando a caballo. Luego le acomodó los pies para que quedaran como si estuvieran sujetos a unos estribos invisibles. Se alejó un instante para observar su obra. Ella lo miraba sorprendida, todavía sosteniendo aquella extraña postura.

Él seguía observando. Faltaba algo. Le quitó el turbante de seda y esparció el cabello a un lado, sujetándolo detrás de la oreja. Con la punta de los dedos compuso la postura del torso hasta que quedó alargado y ligeramente curvo.

—¿Qué te pasa? –gimió la mujer, empezando a asustarse, pero sin atreverse a mover un dedo.

—Cierra los ojos y sonríe –ordenó él, suavemente.

Ella cerró los ojos y torció sus labios finos en una mueca que parecía un dibujo del viento sobre la arena. Sentía un ligero temblor en las pestañas. No reconocía a aquel hombre que había entrado a su casa.

El profesor Lagos la miró desde algún lugar extraño en el tiempo y sintió que le crecían flores en todo el cuerpo. Le dieron ganas de llorar. Su mujer se levantó de golpe y se apresuró a su habitación. Se escuchó un violento portazo por toda la casa.

El profesor Lagos se sentó en el sofá, sacó del bolsillo una barrita de goma de mascar de frutas y se la llevó a la boca. Evocó el aliento de su alumna y cerró los ojos, pensando en que por la mañana pediría su traslado a un instituto para varones.

EN EL TEDIO CIRCULAR
Y ABOMBADO DEL MUNDO-
LA MEMORIA EN LLAMAS

Memoria en llamas. Así se llamaba el libro de
un tal Flores Olea de quien no sabía nada y nada
llegaría a saber. No sé por qué, pero cuando lo
sostuve por primera vez en mis manos sentí una
suerte de angustia, algo parecido a la urgencia.
Esa mañana había visto ya unos seis o siete libros, pero no me habían provocado nada más
allá de una pasajera curiosidad. Ya la curiosidad
la traía intermitente desde hacía varios días, semanas, meses, desde que encontré el primer
título de una colección particular en una librería
de segunda mano. Hojeé rápidamente *Memoria
en llamas*. Era un libro pequeño, apenas tenía
un poco más de cien páginas. No confío en los
libros muy cortos; tampoco confío en los libros
muy largos. Ni en los de letra muy pequeña…
ni mucho menos en los de letra muy grande.
Pero este libro era pequeño e inofensivo, como
una uña saludable y rosada. La portada no era
nada impresionante tampoco. De hecho, era
desordenada y confusa; nunca hubiera elegido
el libro por la portada, pero ahí estaba, en mis
manos, y me apremiaba la inexplicable nece-

sidad de adquirirlo. Al igual que todos los que había inspeccionado anteriormente, este también tenía impreso con sello de hule un nombre que despertó mi interés, un interés casi malsano: "Amado Landes". Eso decía en el corte cóncavo y en el guarda: "Amado Landes".

Comencé a sacar los demás de la vieja librera, a verlos todos, a pasar las páginas buscando algo, cualquier cosa. En los libros usados casi siempre quedan vestigios de sus antiguos dueños. Y en esta librería había muchos de don Amado Landes. Pero no encontré nada. No había ni un papelito ni un boleto de autobús, nada que echara luces sobre la identidad, la edad, la nacionalidad o el oficio de don Amado Landes. Compré dos: *Memoria en llamas* y otro que no recuerdo.

Naturalmente, lo primero que uno piensa es que el dueño de los libros está muerto; que su viuda o sus hijos –que no eran lectores– se deshicieron de su biblioteca. O que quedaron en la ruina después de la muerte del padre y se vieron obligados a destazar la biblioteca y venderla a pedazos; que fueron a rematar los libros a peso la docena; los libros que tan primorosamente había coleccionado don Amado. Porque todos sus libros estaban impecables, fuera del sello que había impreso su nombre en las solapas. Y no eran ediciones recientes. La mayoría tenía al menos quince o dieciocho años. Eran ediciones de las buenas, de antes de que las editoriales bajaran la calidad de las portadas, del papel y de la tinta para ahorrar unos míseros centavos. Así que me llevé dos, por él, por don Amado, para salvarlos del polvo y de la promiscuidad de la librera, porque sus libros estaban mezclados con novelas rosa pasadas de moda, con patéticos ensayos de política y obsoletas tesis de leyes. Pero, sinceramente, me los llevé por mí, porque tenía la absurda certeza de que me perseguiría su recuerdo por el resto de mi vida si no me los llevaba. Era cruel llevarme solo uno, como es cruel tener solo un pez en un acuario. Debería haber al menos dos, alguien más con quien encontrarse en el tedio circular y abombado del mundo.

Por ese tiempo vivía en un pequeño piso que antiguamente había sido la oficina de un abogado. La mayor parte del edificio estaba vacante y la soledad se escuchaba por todos lados a manera de eco. Así que esos dos libros, tan solitarios como yo, se convirtieron en mis compañeros de cuarto y encontraron su lugar en mi mesa de noche.

Mi cama daba de frente al balcón, así que toda la noche tenía la vista de la calle; abría las ventanas para que entrara la noche a mi paupérrimo cuarto y me dejaba encandilar por la luz de un farol con una mano puesta sobre la mesa de noche, donde descansaban los libros. Y así me iba sumiendo en el sueño –¿en el ensueño?–: viendo en esa luz a don Amado inclinándose sobre la mesa de su estudio, con el sello en la mano, mojando cuidadosamente su nombre en la almohadilla; por último, podía escuchar el sonido pegajoso del sello al separarse de la impecabilidad del papel nuevo. Después, don Amado soplaba ligeramente sobre la tinta negra y entonces emanaba su perfume ácido por un instante y quedaba para siempre convertida en su nombre: Amado Landes.

Por la mañana me los llevaba conmigo a comprar café al comedor del hotel de la esquina y los colocaba frente a mí en la mesita del patio. Ahí fumaba y bebía mi café con leche, a veces levantando la vista al cielo, sabiendo que mis libros estaban ahí, conmigo. Imaginaba que don Amado era un hombre fuerte, ligeramente bronceado, con su cabello cano cayendo en mechones sobre su frente amplia. Su mirada era bonachona y severa a la vez cuando lamía las líneas de esos libros, a veces sonriendo cuando tropezaba con una frase ingeniosa o con una escena brillante. Su mujer, Valentina, lo reprendía cariñosamente por pasar tanto tiempo en sus lecturas: siempre llegaba a la mesa cuando la cena comenzaba a enfriarse. Ella era alta, delgada, elegantísima. Tenía el cabello largo, sedoso y oscuro. Era una de esas mujeres con facciones muy finas, de etnias mezcladas, de buena casta; porque claro, Amado Landes habría de escoger una mujer que iluminara, no solo con su belleza, sino con su gusto impecable y con su conversación refinada. Ella tenía las manos largas y delgadas, manos de artista... y con esas manos largas le acariciaba la nuca, con esas manos se aferraba a su espalda cuando hacían el amor. Ese pensamiento me estremecía, me provocaba abominables arranques de celos. Esas fantasías me ponían temperamental y a la vez me excitaban. Así que llegué a odiar a Valentina porque ella era todo lo que yo no había llegado a ser para Amado, y odiaba a Valentina por haber vendido los libros de su marido cuando el cuerpo apenas comenzaba a enfriarse... si yo hubiera sido su pareja, jamás me hubiera deshecho de los libros. Nunca. Aunque me muriera de hambre. Porque amar a alguien significa amar todo de esa persona, hasta sus objetos más insignificantes. Y yo no tenía nada de él, más que dos libros que no me atrevía a leer. Luego perdonaba a Valentina: talvez ella había muerto también, al lado de su marido en un horrible accidente de tránsito. Lo que no le perdonaría nunca a esa mujer, es que fuera *su* mujer, la mujer de Amado. Esas ideas eran tan tormentosas que me vi forzado a exorcizarlas.

Así que una noche me convertí en Valentín… el joven amante de Amado, que aparecía en su vida y rescataba al menos uno de sus libros: *Memoria en llamas*. En mi deseo, Amado era un poeta que veía en mí no un cuerpo de hombre, sino la delicada e irresistible figura de un efebo que le inspiraba bellos sonetos. Así me enamoré de Amado; así amado se enamoró de mí. Entonces él me leía libros mientras yo me recostaba en su pecho y observaba, en total embeleso, cómo se movían sus labios. Amado hacía una pausa y me miraba luego un instante dulce y eterno: ¿Qué te parece, preciosa criatura? Me encanta, le decía yo. Entonces él alargaba el cuello para besarme la frente antes de continuar leyendo.

Pero un día, un fatídico día, me anunciaba que debía marcharse. Detrás de los mechones de su cabello oscurecidos por el sudor, que caían desordenados sobre su atormentada frente, me miraba. Me miraba infinitamente:

—Debo marcharme. No me preguntes nada…

Él estaba sentado en un taburete, con las piernas abiertas y los brazos recostados en las rodillas; tenía el torso desnudo y los pies descalzos. ¡Por Dios! ¡No!, pensaba yo con toda mi carne hecha girones. Se me aflojó la tripa, tal fue el efecto de sus devastadoras palabras: "Debo marcharme". ¿Quién me leería con la misma dulzura? Mi apartamento, mi cocina, mi cama, desaparecerían sin él. Su ausencia sería la ausencia de todas las cosas del mundo. Me lancé a sus pies y me abracé a él tan fuerte como pude, echándome a llorar como un niño aterrorizado… con mi rostro apenas colgando de su mirada.

—Rescata mi biblioteca, solo eso te pido –me dijo. Y desapareció.

Pero cuando llegué a su casa me encontré con que la habían arrasado violentamente y todos sus libros habían desaparecido. Todos, menos *Memoria en llamas*, que estaba en el suelo, olvidado entre un montón de huellas de lodo y vestigios de objetos destruidos. Tuve que matar esa fantasía, porque su ausencia se había convertido en algo muy real, tan real que por la noche, cuando él no estaba conmigo en mi apartamentito, a veces realmente lloraba, como si en verdad mi cama estuviera vacía de él.

En otra fantasía, que no dolía tanto, Amado era un editor y por eso me traía tantos libros, todos nuevitos, todavía oliendo a tinta de imprenta, emanando calor de máquinas. Me dejaba que yo mojara el sello en la almohadilla. Pero entonces Amado no era el amante de Valentín, sino el papá de Verónica y yo no era un muchacho guapo, sino una linda niña. Entonces él me sentaba en sus rodillas, colocaba el libro sobre mi falda, me rodeaba con sus grandes y reconfortantes brazos y ponía el sello con su nombre. Yo alcanzaba a sentir la presión sobre los muslos, a través del libro; ese breve instante en que la tinta se convertía en su nombre sobre el papel. Luego me dejaba soplar la tinta fresca mientras él me explicaba cómo se hacía un libro. Amado, padre, olía a loción *Aramis* y a tinta fresca. Tenía el cabello castaño oscuro, peinado hacia un lado con una impecable raya… siempre iba vestido intachablemente, con pantalones marrón, sostenidos por tirantes, y camisa blanca. ¿Me prometes que siempre vas a leer?, me preguntaba, pellizcándome la barbilla. Toda la vida… pensaba yo, viendo sus grandes ojos claros. Después él pegaba su barba a mi mejilla y me hacía cosquillas.

Los días dejaron de ser aburridos y rutinarios desde que esos libros llegaron a mi vida. Me levantaba temprano, iba la cafetería y saboreaba mi café y mi cigarrillo, junto a mis libros. Su compañía era reconfortante. Ellos sabían que yo estaba ahí, cerca; y yo sabía que ellos descansaban sobre la mesa como dos gatos perezosos. Hasta la gente me parecía más amable: la mesera, los asiduos, los turistas… Después regresaba a mi apartamento, los dejaba en la mesa de noche y me iba al trabajo. Ya no me pesaba caminar por media hora ni me molestaban las bocinas de los carros ni la bulla de la ciudad; ahora me parecían interesantes. Todo estaba lleno de historias. Era como sentirme inmortal en la primavera de los misterios. El trayecto de regreso ya no lo hacía de prisa, cansado y malhumorado; ahora me demoraba disfrutándolo todo en el camino. Cuando cocinaba la cena en mi diminuta cocina, me daban ganas de cantar, anticipando la hora de volver a la cama, a la calidez de mi cama y abandonarme a mis ensueños.

A veces me dormía pensando en cómo encontrar a Amado, vivo o muerto; cómo echar una mirada a esa persona que era o dejó de ser; cómo encontrar su tumba o espiar a la viuda cuando salía de la casa por la mañana, llevando en el brazo la bolsa del mercado. Jugaría a adivinar cuál de las ventanas de la casa era la ventana de su estudio y talvez me atrevería a seguir a su mujer alguna vez para toparme con ella en la fila del mercado y charlar de naderías. Quería saber quién era esa mujer a la que Amado Landes, (hombre de gusto impecable, ávido lector) había amado. Talvez era una señora mayorcita, no sensual como Valentina, pero sí amplia de caderas y de busto, con una diminuta cintura. Llevaría un vestido floreado y el cabello impecable. Y mientras charlábamos y ella hablaba del precio de la carne yo estaría pensando: "Yo duermo con los libros de su marido".

Pero, ¿y si Amado estuviera vivo? Sería un hombre mayor, recluido en una silla de ruedas después de un derrame cerebral, con la mente lúcida pero con el cuerpo atrofiado. Moría poco a poco cada vez que el más joven de sus hijos, que era *junkie*, sacaba sus libros para venderlos y comprar drogas. La pobre madre lloraba desconsolada sobre la cabeza de su marido lisiado y también por el hijo insolente; pero él, Amado, lloraba por sus libros. Esa idea me destrozaba el corazón y me convertía en su enfermero y en el centinela de su biblioteca. Yo llegaba a su casa muy temprano, vestido de uniforme azul, siempre recién bañado y fresquito. Antes de sacarlo de la cama, le hacía masajes en las piernas para mejorar la circulación. Era el mejor momento del día porque aprovechábamos para charlar sobre libros. A esa hora de la mañana parecía más lúcido que nunca. Era brillante el viejo pícaro. Luego lo ayudaba a salir de la cama, lo vestía y lo acicalaba, y después llegaba su mujer a darle el desayuno personalmente. En ese ínterin, yo me escabullía a la biblioteca –con la excusa de encender el calentador para que Amado estuviera cómodo cuando llegara–, pero en realidad contaba sus libros, revisaba cuidadosamente cada estantería y cambiaba de lugar los más valiosos; les iba buscando nuevos escondites.

Cuando estaba en esto, a veces veía pasar por el resquicio de la pesada puerta de roble al *junkie* de su hijo, acechando, a ver si lograba sacar una edición rara para venderla y comprarle drogas finas a su novia. El chico me odiaba porque sabía que yo me convertiría en una loba si se atrevía a tocar alguna vieja edición del Quijote o de Las mil y una noches. Un día fue tanta la cosa que le regalé unos pesos al chico, con tal de que dejara en paz, al menos por un día, la biblioteca de su padre.

—Ven aquí, muchacho… –me dijo don Amado una vez, con sus labios ligeramente torcidos y hablando como si tuviera piedras en la boca–, te voy a contar un secreto. Alcánzame aquel tomo… –añadió, señalando con un índice tembloroso la esquina más alta de la estantería.

Era un viejo libro de una enciclopedia. Se lo alcancé y lo puse sobre sus huesudas rodillas. Me indicó que lo abriera y, debajo de la tapa azul, empolvada y desgastada, había una segunda tapa de madera recubierta en cuero de ternera. Fue como abrir un cofre del tesoro.

—Es el ejemplar que se perdió del Caballero de Zifar. Solo hay una copia en el museo de

Madrid, en una caja fuerte, y otra en el museo de París, además de ésta –agregó con una sonrisa casi malévola en la mirada–. Cuando muera, sácalo de este lugar… solo en ti puedo confiar para que este libro llegue a las manos correctas.

Y así, cada noche, intentaba adivinar cuál era la verdadera historia de Amado Landes. A veces me convertía en una mujer hermosa, su alumna en las clases de literatura, y él era un docto profesor, de pie en la cátedra, hablando apasionadamente de libros. Yo quería que me viera, que notara mi presencia. Así que triplicaba esfuerzos por ser la mejor de la clase. Pero sin resultado. No me lanzaba ni una mirada. Pero un día, un glorioso día de invierno, nos encontramos en la biblioteca de la universidad. Coincidimos en la signatura siete. Me miró a los ojos.

—¿Sería tan amable de darme permiso? Necesito ese ejemplar –dijo señalando sobre mi hombro.

Entonces yo, en mi desesperación, tomaba "ese" ejemplar que él quería y me lo metía bajo la blusa, retándolo sin cruzar palabra, a sacarlo de ahí. El resto, como dicen, era historia. Luego daba un salto en el tiempo y éramos amantes. Yo llegaba a la biblioteca sin ropa interior y lo esperaba en la signatura L1, a la hora del almuerzo, cuando la encargada cerraba. Luego él se enamoraba de mí y terminábamos haciendo el amor en su estudio, sobre sus libros, mientras su mujer, en el primer piso, miraba telenovelas a todo volumen. En uno de esos días tormentosos, mientras él se vestía, yo, muy atrevida, me robé *Memoria en llamas* de la estantería más cercana.

Y así, poco a poco, Amado fue poblando mi frío apartamento. A veces por la noche lo veía merodear, cuidadoso de no despertarme. Pero lo que él no sabía es que me hacía el dormido para poder verlo a mi gusto desde la penumbra, con los ojos entrecerrados y el rostro escondido entre el hueco de mi codo. A veces me acostaba abrazando *Memoria en llamas*, porque fueron muchas las veces que quise leerlo, pero no me atrevía. Era, finalmente, feliz.

Una mañana, como siempre, me dirigí al café del hotel, acompañado de mis libros. Era un día radiante: el sol calentaba las piedras del jardín interior y el viento, frío, arremolinaba los pétalos secos de los rosales. El patio era un rectángulo perfecto, rodeado por los balcones de las habitaciones: dos pisos con techo de doble altura, de las casonas de antes, que hacían que el cielo pareciera más lejano aún. La mesera, que ya me conocía bien, me trajo el café con leche y agregó, con un guiño de complicidad, dos galletitas. Mientras daba los primeros sorbos al café, un tipo mofletudo se sentó en la mesa de al lado y, señalando los libros, me dijo:

—¿Usted conoce a Amado Landes?

Quedé perplejo. Eso quería decir que Amado, mi Amado, mi padre, el viejo sabio, el marido de Valentina, el tipo meticuloso, el editor, el coleccionista de libros, mi amante, vivía aún y la tinta de su almohadilla seguramente seguía fresca. Por dentro comenzó a invadirme un pavor debilitante: se me habían hecho agua las tripas, se me enfriaron los pies, sentía los ojos bizcos. Si Amado cobraba vida y pudiera estar a mi alcance... no, la idea era aterradora.

—No. Encontré sus libros en la librería de la esquina… –respondí, fingiendo indiferencia–. ¿Usted lo conoce? –indagué con el tono más frívolo que me pude sacar, echándome hacia el respaldo de la silla. Quería sentirme como un joven James Dean, con el cigarrillo colgando de la comisura de la boca, o como el joven Valentín, el amante secreto de Amado Landes, que trataba de camuflar el romance escondiéndose detrás de una máscara de fresca animosidad ante la invasión. Sin embargo, si este tipo lo conocía y yo lograba agradarlo, talvez podría guiarme hacia mi anhelado objeto del deseo: Amado.

—Es escritor, ¿sabía? –me dijo el fulano, que era un hombre feúcho, mientras acomodaba su rechoncha pierna sobre la rodilla, ayudándose con las manos. Me dio algo de desconfianza su arrogante y mal justificado aire de superioridad. Pero lo que sí logró fue capturar mi atención. Me debatía por dentro entre la repulsión que me provocaba el tipo, y la curiosidad, la excitación, el recién adquirido conocimiento de que mi Amado era poeta, tal como yo todavía no lo había soñado.

—¿Lo conoce? –insistí.

—¿Conocemos realmente a las personas? –respondió, chupándose los labios–. Yo también soy escritor.

—Bien por usted –respondí. Seguramente no conocía a Amado y se estaba haciendo el interesante. Si era cierto que era escritor, sin duda era uno de esos que se pasan la vida entera escribiendo diatribas cursis. De seguro nadie quería hablar con él y andaba buscando víctimas para que lo escucharan, valiéndose del nombre de un respetable autor, Amado Landes, para llamar la atención de los incautos. En ese momento le llevaron un café.

—Eres algo pesadito, ¿eh? –dijo, sirviéndose cuatro sobres de azúcar. Se guardó otros tantos en el bolsillo del saco, el muy ordinario. Agachó la cabeza para sorber ruidosamente el café y alcancé a verle el pelo grasiento de la mollera.

Nuevamente me invadió el pánico ante la idea de que este zafio cuarentón pudiera ser realmente amigo de Amado Landes. ¿Qué clase de amistades eran esas? Amado se iba desintegrando ante mí, gracias a este ordinario de nariz aceitosa que hacía ruidos al sorber el café. Peor aún, no me tomó mucho comprender la verdad: si Amado estaba vivo, él mismo se había deshecho de sus libros, no había sido su viuda en quiebra, esa dulce regordeta que iba al mercado todas las mañanas y que yo había llegado a conocer tan bien y que estaba a punto –al menos en mi fantasía–, de invitarme a tomar café a su casa.

Imaginé a Amado, chaparro y feo, tan deleznable como este tipo amigo suyo, bajándose de un auto mal cuidado, cargando una caja llena de libros: entra en la librería y deja caer la caja. Al golpear el suelo, se alza una nube de polvo… ¿cuánto me dan por estos libros?, le pregunta al muchacho del mostrador. Tres pesos la pieza si están en buen estado, contesta el chico, indiferente, sin alzar la vista del periódico que está leyendo. Amado los apila en el mostrador, los cuenta, y luego recibe un puñado de billetes sucios y arrugados que guarda descuidadamente en el bolsillo del pantalón. Se va sin despedirse y los libros se quedan solos, manchados con el nombre de Amado Landes… con tinta barata…

El fulano ya no me mira, ya no me habla. Se chupa el café haciendo pico de pajarito con sus labios desteñidos. Tomo el otro libro, el compañero de *Memoria en llamas*, y cuento disimuladamente: uno, dos, tres, cuatro, cinco, seis, siete, ocho, nueve. Nueve sellos con el nombre de Amado Landes. Se nota que Amado es egocentrista, que necesita reafirmarse imprimiendo su nombre nueve veces en un pobre libro, como un vulgar macho que pregona a todos que Valentina ya fue suya: la hice rogar a la Virgen... se ufana, y ayer me tiré a un mariquita... a un tal Valentín. Deberían probarlo alguna vez. Es decadente. Su aliento ruge a ron barato, ese ron que hace que el aliento huela a acetona. Y se hace un coro de risas en la mesa de los pseudo-intelectuales que se creen los *enfants terribles* de su generación.

Veo de reojo al fulano y vuelvo a hojear el libro: nueve veces, Amado. Amado seguramente es el tipo de hombre que le gusta ver partidos de futbol los domingos –con el feúcho de la mesa de enfrente–, y llevan la camisola de su equipo cuando se aplastan frente al televisor y dan alaridos e insultan con palabras soeces al árbitro. Amado le pide a uno de sus hijos cabezones que les alcance una cerveza... después, cuando pasa el frenesí futbolero, Amado se pone a escribir –con su vocabulario burdo y cursi– prosa desgastada sobre realidades sociales que él no alcanza a comprender. Después lee a medias todos esos libros, como el lector inculto que es, sin comprender en absoluto su contenido. Pero le gusta que lo vean cargándolos, como si eso le confiriera estatus de intelectual, como si eso lo separara del vulgo. Y su nombre... estampa su nombre obsesivamente con el sello de hule, con la torpeza de un preescolar "recha" que mata hormigas en el recreo.

—Eres lector, pero no conoces los talentos nacionales… –dice el fulano desde la otra mesa, airado–, un mal de las nuevas generaciones que creen que solo es bueno lo que es importado.

Ignoro su comentario presuntuoso. Le sirven unos huevos revueltos y tostadas. Me mira con asco, como si yo le hubiera arruinado el desayuno.

Veo a Amado sentado al lado de este cafre; los dos se burlan de un joven escritor que les había pedido su opinión sobre un cuento. Amado se cree una eminencia porque hace diez años se ganó un premio en un concurso literario que era tapa para mafiosos, dónde compitió contra una docena de ingenuos escritores de segunda. Siguió mandando el mismo cuento a otros concursos, con ociosas modificaciones, ambicionando ganar unos cuantos pesos. Cada vez que no aparecía ni siquiera en el listado de menciones honoríficas, proclamaba, rociando saliva, que los concursos estaban manipulados, que siempre ganaban los amigos de los jueces, los del "circulito de mierda". Cada vez que no ganaba, se iba a emborrachar con el mofletudo y llegaba a casa babeando. Daba manotazos a sus libros, maldiciendo la literatura, y los lanzaba al suelo. "Mándalos a una librería de segunda mano", le decía a su mujer, chocando el hombro torpemente contra la puerta.

—Si los haces mierda, no nos van a dar ni un peso por ellos… –decía ella, rascándose una teta.

Amado, padre y editor, llegaba a la casa y entraba sin saludar a Verónica. No olía a *Aramis*, olía a desodorante barato mezclado con almizcle de sudor. No traía con él los aromas deliciosos de la imprenta, dónde –como antes, en mis dulces fantasías–, había inspeccionado primorosamente la galerada, admirando a través de un monóculo los detalles de la tapa y saboreando con la punta del dedo la textura del papel de primera calidad. No. Amado, el padre de Verónica, ahora entraba lanzando al suelo esos libros, junto a los zapatos que dejaba tirados al lado del sofá que olía a orín de gato. Verónica se acercaba, tímida y aburrida; recogía los libros y se los llevaba al estudio. Ahí se entretenía con el sello de hule, estampando al azar el nombre de su padre en los libros. Nadie se daba cuenta. Al día siguiente, la empleada sacaba los libros de la papelera y los iba a vender a una librería de segunda mano. Y con ese dinero salía los domingos.

Mi Amado, el viejo sabio, no es otra cosa que un amargado. Se gastó los ahorros en secreto y en vicios, y ahora que está lisiado, su pobre esposa tiene que vender los libros de la biblioteca para los gastos de la casa. El enfermero, o sea, yo, la ayuda a escoger los mejores y le da ideas de lo que puede cobrar para que no la estafen. Mientras tanto, mientras ella saca los libros de la biblioteca del marido, yo me demoro en su baño, para que él no se dé cuenta. El hijo de perra me da manotazos en la tina: "¡No me toques los huevos, maricón! ¡Enfermo! ¡Desviado!". La pobre mujer, en agradecimiento y casi como una disculpa, me regala un día: *Memoria en llamas*.

Amado no es un docto profesor de literatura; es un catedrático simplón que le escribe notitas cursis a su alumna; un día la sigue hasta la biblioteca y ahí aprovecha a rozarle las nalgas con la bragueta, fingiendo con una sonrisa pervertida que no hay espacio entre las estanterías para pasar, y todavía se atreve a levantar las manos para que no lo acusen de tocar a nadie. Un día, viendo el escote de la muchacha, le dice: "Qué buenas… ¡notas! ¡Qué buenas notas va a sacar este *semen*-stre!

Veo al mofletudo en la mesa de al lado, esmerándose en tragar un bocado demasiado grande. Se esfuerza, con descarada obviedad, en mostrarme que me está ignorando. Acaricio la pasta del libro, sintiéndome enfermo de melancolía. Todo se ha consumado. La belleza, como siempre, se ensucia de vulgaridad. Dejo el cambio exacto en la mesa y me voy, llevándome los libros conmigo, los pobres y mancillados libros. Mancillados como yo en este momento. Esta noche volveré a dormir solo, con los ojos anegados y con la memoria en llamas de cuando conocí al Amado Landes impoluto; solo, otra vez abandonado en el tedio circular y abombado del mundo.

PENDEJADAS SICOTRÓPICAS

—¿Quién anda ahí? –preguntó Cat, enderezándose de golpe en la cama.

La habitación estaba a oscuras. El servicio eléctrico no funcionaba desde hacía varias horas y las luces de emergencia del hotel habían agotado sus baterías. Alguien había entrado a su habitación, alguien cuyos movimientos podía intuir en el vacío de aquella negrura.

—¡Quién anda ahí! –exigió Cat, lanzando las frazadas a un lado. Ahora escuchaba el crujiente lamento de unas bolsas de supermercado.

—Soy yo, Jeremy –respondió en un susurro el intruso–. Te traje unas cervezas.

Se escuchó el gas escapando de una lata y luego el *cloc* breve cuando el anillo se hundió sobre el aluminio. Los sonidos se repitieron.

—¿Jeremy? ¿Qué mierdas haces espantándome a estas horas? ¡Cabrón, casi me matas del susto! ¿Cómo entraste?

—La puerta estaba mal cerrada. Pensé que te estabas aburriendo en esta miserable oscuridad… ¿Escribiste algo hoy? ¿Cómo va la novela?

—No escribí más que tú, eso sí te digo. La soledad me jode. Me paraliza.

A tientas, Jeremy alcanzó la cama y sintiendo el aire, encontró la esquina. Se sentó y levantó la lata de cerveza hacia la nada, dónde la mano de Cat salió a su encuentro. Ambos bebieron un trago largo y aletargado. Jeremy hurgó en los bolsillos de su chumpa y sacó unos cigarrillos. La lumbre del encendedor materializó por un instante el perfil de los hombres. Jeremy tenía dos cigarrillos colgando de los labios que había encendido al mismo tiempo. Le entregó uno a Cat.

—¿Sabes qué le dijo mi mamá a mi papá anoche? –soltó de súbito el muchacho que había traído las cervezas y, sin dar tiempo a que Cat indagara haciendo la inútil pregunta, "¿qué?", él mismo respondió–: "No le digas nada a Jeremy, que todavía piensa en tiempo futuro".

Cat gruñó por toda respuesta. Ambos aspiraron algo de humo al mismo tiempo, como en un espejo de negrura. Las lumbres simularon un amanecer breve y luego solo quedaron dos puntos rojos, suspendidos en el universo desierto de la madrugada.

—¿Cómo será el humo en la oscuridad? –preguntó, ociosamente, Jeremy.

—No sé, *bro*... –respondió, también ociosamente, Cat. Bebieron.

—Yo creo que las cosas y las palabras, al igual que la gente y los temores, tropiezan en la oscuridad –dijo Cat. Y bebió un trago largo de su cerveza. No vieron las cenizas que caían en la alfombra. Nada parecía material en el espacio estrecho de la oscuridad.

Un halo rojo de luz iluminó el rostro de Jeremy, convirtiéndolo en un globo solitario, suspendido en la noche triste de la habitación. El globo se tragó a sí mismo junto a una buena bocanada de humo. Permanecieron en silencio un rato, jugando a aparecer y desaparecer, hasta que Jeremy, al azar, volvió a abrir la boca.

- Es curioso despertar dentro de un sueño… –dijo inesperadamente, el muchacho.

—No me salgas con pendejadas sicotrópicas –respondió Cat.

Fumó un poco más.

—¡Pendejadas sicotrópicas! Me gusta. Voy a usar la frase en una novela. ¿Y cómo sabes que ahora mismo estás despierto?

—Bueno, aquí estás sentado en el borde de mi cama con una cerveza en la mano y un cigarrillo en la boca. Y mientras te oigo decir pendejadas siento cómo me baja por el gaznate el líquido amargo de mi cerveza y veo la brasa de mi propio cigarrillo. Así que estoy despierto.

—No. Estás dormido. Yo no estoy aquí, sino en algún rincón donde guardas la basura de tus recuerdos. Estás solo con tu mente, resbalando en tu pasado.

—Veamos, Jeremy, si tienes razón –dijo y sacudió su lata para calcular cuánta cerveza le quedaba. Pensó que era suficiente y se la lanzó a Jeremy para que le bañara la cara.

Cat se enderezó de golpe en la cama. Alguien había entrado a su habitación. Alguien cuyos movimientos podía intuir en el vacío de aquella negrura. Le dolía el rostro, como si le hubieran dado un puñetazo… la puerta se balanceaba de un lado a otro con la brisa de la madrugada.

Nada parecía material en el espacio estrecho de
la oscuridad.

LOS OTROS FANTASMAS

Era pasada la media noche y tenía insomnio. Leía sentada en el sillón de mi cuarto, cuando me pareció ver una sombra en el recodo del pasillo. Supuse que era mi vista cansada jugándome tretas. Pero enseguida escuché unos sonidos breves y frágiles, como el roce de una sombra al tocar la pared. Naturalmente mi espalda se tensó: a esa hora todas dormían. Y es que una llega a conocer de memoria los sonidos de su casa, como cuando la madera cruje por el cambio de temperatura o los cristales de una ventana se contraen cuando el frío de la madrugada los aprieta; hay sonidos orgánicos, como los de los tacuazines anidando en el techo o los del escalofriante espectáculo sonoro de los gatos copulando.

Las cañerías tiemblan y se sacuden cuando la presión del agua aumenta de súbito. Es la casa. El inodoro, que tiene una ligera fuga, compensa la pérdida de agua con un rápido gorgoteo de la manguera y un largo respiro asmático. Sí. Uno conoce las pulsaciones de su casa. Son sonidos que ya no lo despiertan a uno ni despiertan su curiosidad en caso de insomnio, como en esta ocasión.

A medianoche. No sé qué tiene la medianoche que todas las cosas raras del mundo suceden a esa hora; al menos en mi vida y desde la frontera invisible de la medianoche hasta la calle que lleva a las tres de la mañana.

Es la hora de los fantasmas; no la de los espectros de los muertos, no; son otros fantasmas, los que no soportan la luz del día: los hábitos extraños, las manías, los asaltos del inconsciente, los remanentes del miedo, las visitas inquietantes que son algunos sueños. A estos fantasmas me refiero; a los que se despiertan con el mugido de una ambulancia; a los que se despabilan con los balbuceos de un borracho escandaloso que vuelve dando trastumbes a su casa; a los que se alteran con una moto que zumba perdida en la lejanía de las calles o con el aullido del perro que nadie guardó y que se muere de frío.

Pues ahí estaba yo, con el libro suspendido en el aire y la frase sin leer suspendida en el olvido, cuando aquellos ruidos tan ligeros, pero a la vez tan alienígenas, como esa sombra que rozó la pared, alertaron algo dentro mí. Es una parte que normalmente duerme, pero que se despierta cuando distingue entre cañerías, tacuazines, gatos y vecinos cachondos, un murmullo que reverbera como campana de catedral entre los que ya son familiares. La mente vuela: un fantasma de verdad, o sea, el alma de un muerto. O un ladrón. Nadie emite sonidos tan ligeros ni silencios tan resonantes ni suspiros tan evidentemente lejanos.

Volviendo a la historia: no soy alguien que se amedrenta tan fácilmente. Dejé el libro en la mesita y salí a resolver el misterio. La luz del baño estaba encendida. Pero es que siempre estaba encendida. Mi mamá, mi abuela y mi hermana siempre dejaban la luz del baño prendida, por aquello de los temblores… así que aquello no era una pista. Y en ese momento, la casa había retomado su silencio habitual, colmado de ruidos nocturnos. Fue entonces cuando escuché un gemido de mujer, una voz lejana y dolorosa que venía del baño y que llegaba acompañada de palabras ininteligibles.

—¡Puta madre, joder, mierda, la chingada, de las cien que la parieron, la mierda! –se me salió bajito. Es que sonaba a La Llorona. ¡En serio! Y eso que no creo en apariciones. Pero cuando uno escucha una voz así, que no parece voz, sino que suena a ruido, sabe que no espera nada bueno. Me alcanzó el miedo. A uno le pasan mil cosas por la cabeza, en serio. Esa voz era antinatural. Por inercia, no porque quería, me asomé por la puerta abierta del baño. De veras sintiendo una mezcla de audacia y terror.

Pero ya no alcancé a ver al baño, porque el espejo del lavamanos me vio a mí primero: era mi hermana. ¡Era la mula de mi hermana! ¡Estaba frente al espejo cepillándose el pelo! Hablaba entre dientes y barría el cepillo desde la coronilla hasta la cintura cada vez, mirándose a los ojos. Ahora yo estaba furiosa. Pero furiosa de verdad con la adolescente idiota que me había hecho cagarme en los calzones.

Bajó el cepillo y comenzó a despejarse los largos mechones de la cara. De pronto, comenzó a llorar sin lágrimas.

—¡¿Qué te pasa?! –le espeté, furiosa. Seguramente se había peleado con el novio.

Pero no me respondió. Típica adolescente de mierda. Encogió los hombros y se apartó del espejo. Dijo algo, algo que no recuerdo. Algo que poseía una lógica trascendental que hoy quisiera recordar. Inusitadamente, se metió a la ducha. Mi rabia se transformó en sorpresa y luego en escalofrío: fingía bañarse.

—¿María? ¡María!

Su mirada buscó mi voz, pero me pasó de largo. Si los muertos abrieran los ojos, tendrían aquella misma mirada. ¡Joder, joder, joder! Yo no soy miedosa, pero aquella mirada…

Corrí al cuarto de mi mamá. La desperté. Le dije que mi hermana había perdido la razón… mi mamá se levantó; asustada, claro. Corrió al baño, la vio por un momento, la abrazó por la espalda y la sacudió. "Qué te pasa, decime, ¡qué te pasa!"

Mi hermana seguía balbuciendo cosas y bañándose en seco, como si quisiera quitarse de encima un montón de insectos. "¿Qué hacemos?", imploró mi mamá, buscándome, como si yo no hubiera estado detrás de ella. Y entendí. Era un episodio de sonambulismo. No sé de dónde llegó aquella lucidez, aquella cordura, aquella comprensión de lo que estaba pasando. Hice a mi mamá a un lado, tomé a mi hermana por los hombros y la llevé a su cama. Muy delicadamente coloqué su cuerpo sobre el colchón, le acomodé la cabeza en la almohada y ahí se quedó, respirando tranquila. Fue su único episodio. Hasta el día de hoy ella no recuerda nada, pero yo sigo viendo sonámbulos por toda la casa. Me persiguen a la calle y habitan, esos fantasmas, todas mis madrugadas.

La muerte de *Darling*

Para Arturo Monterroso,
con mucho cariño

Mi bienintencionado y muy querido amigo:

Tomé su consejo cuando me dijo que debía hacer recortes en mi novela. Y cuánta razón tenía: aquellas partes eran discursivas, largas, espesas; me atrevería a decir: empalagosas. Recordé las palabras de Faulkner: *In writing, you must kill all your darlings.* Y es cierto. Los escritores podemos tender a sobreusar y sobrevalorar aquellas cosas, frases, palabras y momentos de nuestra memoria que nos son bienamados, pero que no necesariamente agregan valor literario a la obra. Así que, apelando a la razón, me deshice de ellos. Efectivamente, me pareció que veía surgir de entre tanta maleza los esquejes de lo que podrían llegar a ser arbustos frondosos, saludables. Me sentí liberado y ligero... En un arrebato de entusiasmo, de fuerza vital, fui pinchando *delete* a lo largo de todo el manuscrito por donde fui encontrando necedades. Nada de desazón, nada de miedo.

Revisé arduamente todas las páginas, a conciencia, esta vez listo para deshacerme de todas aquellas frases cliché, de todos los lugares co-

"

munes. En mi defensa puedo decir que comencé esta novela cuando aún tenía poca experiencia literaria. Y debo admitir: me dio vergüenza aquella madeja de palabras. Estaba emulando todas esas expresiones que, en el momento en que fueron inventadas, eran brillantes, agudas y evocadoras… pero que a fuerza de uso y abuso ahora son palabras tan insulsas como el turrón de un pastel de quinceañera. No sé si la gente no se ha aburrido de hacer esas relaciones amelcochadas que resultan en metáforas de recalcitrante cursilería: ciego de amor, tocar el cielo con las manos, quedarse congelado del miedo, ver algo negro como la noche, correr a la velocidad del viento, las perlas de su boca… Así que me deshice de ellas. Barrí la casa.

Luego, con la casa y la conciencia limpias, comencé a deshacerme de algunas oraciones que eran un poco reiterativas innecesariamente. ¡Cuánta razón tenía, amigo mío! Era hora de reemplazar eso con algo nuevo y fresco. Y agregar más acción. Mucha más acción. Así que hice las anotaciones pertinentes: el capítulo 3 necesita tensión; en el 8, agregar pistas… y así. Ya estaba, la historia iba transformándose. No más discurso; gancho, gancho narrativo: el lector no debe quedarse dormido. Satisfecho, guardé el documento y me fui a la cama sintiendo que la mácula iba secándose como una costra y que en cuanto la nueva piel estuviera lista, desprendería la inservible para siempre.

Revisando y revisando, pasaron los días. Me di cuenta de que aún había demasiados *darlings*. Parecían haberse multiplicado en mi novela durante la noche. Pero no importaba, claro que no. Detrás de ellos se escondían tímidamente nuevas ideas, nuevas acciones y nuevas intenciones más profundas, más psicológicas, más literarias. Descorché un buen vino, encendí un cigarrillo y me dije: "Es hora de segar, hora de hacer la roza, hora de plantar de nuevo". Pero sentí miedo cuando conté las páginas: la novela se había reducido a su tercera parte. Así que me quedaba mucho, pero mucho trabajo por delante antes de que volviera a tomar forma, a que se perfilaran nuevamente los personajes. Los personajes. Debía deshacerme de algunos de ellos. Hay personajes que, como en la vida, solo estorban, entorpecen el andar. En fin, me quedé con la tercera parte, un poco temeroso del camino que había desandado y que debía volver a andar... pero no pasa nada, me dije. Es más, la perspectiva de la página en blanco parecía un incentivo, un sinfín de posibilidades; la creación concebida diez mil veces hasta alcanzar un sublime estado de gracia. Apagué la máquina, resuelto a volver a esas páginas con la avidez de un explorador, de un naturalista, de esos hombres emprendedores, templados e intrépidos.

Cuando ya solo quedara lo mejor, lo esencial y lo imprescindible, construiría sobre esas ruinas algo sólido, pero a la vez, interesante, intrigante, efervescente.

Para no darle largas al asunto, luego de hacer aquellas expediciones, de arrasar esas tierras, de limpiarlas de todo vicio, me encontré con algo inaudito y devastador: después de quitar los clichés, los lugares comunes, los personajes superfluos, las reiteraciones inútiles y los aburridos discursos, ¡ah, y de matar a todos mis *darlings!*, no quedaba ni una sola página escrita.

Así es, mi querido amigo: no quedaba nada,
nada más que una desoladora blancura.

106

ÍNDICE

La muerte de Darling, de Valeria Cerezo, finalista del Certamen BAM Letras 2016, primera edición, se terminó de imprimir el 8 de julio de 2016. F&G Editores, 31 avenida "C" 5-54 zona 7, Colonia Centro América, 01007. Guatemala, Guatemala, C. A. Telefax: (502) 2439 8358 Tel.: (502) 5406 0909 informacion@fygeditores.com www.fygeditores.com

Certamen BAMLetras

yo, artista
Diego Ugarte
Novela ganadora, 2013

Puente Adentro
Arnoldo Gálvez Suárez
Novela ganadora, 2015

Un bolero lleva tu nombre
Carlos Calderón del Cid
Ganador libro de cuentos, 2016

Enjambre de medusas
Renato Buezo
Finalista libro de cuentos, 2016

La muerte de Darling
Valeria Cerezo
Finalista libro de cuentos, 2016

El Programa de Apoyo a las Letras de BAM tiene el propósito de contribuir a la difusión de la literatura guatemalteca contemporánea, como un aporte a la cultura y al desarrollo intelectual de nuestro país.